Inhaltsverzeichnis

Es begann in Pertuischaud

Das Leben, so sagt man doch, schreibe „die wahren und die schönsten Geschichten". Manchmal aber sind sie kaum zu glauben und nicht immer nur „die schönsten".

Am 2. Mai 1993, nachmittags gegen 15 Uhr, geht eine ältere Frau in der Dr.-Dietz-Straße in Fulda, vor dem Haus, in dem sie wohnt, mit ihrem Pudel auf und ab. Ein wenig aufgeregt und gespannt schaut sie sich dabei um, als erwarte sie jemanden.

Als schließlich, begleitet von zwei Damen, ein Mann um die Vierzig zögernd auf sie zukommt, entfährt ihr der halb unterdrückte Ausruf: „Walter!" – Und was soll daran unglaublich sein? Wir werden sehen.

Durch einen kühnen Zeit- und Ortswechsel versetzen wir uns ins Kriegsjahr 1943 nach Frankreich, und zwar in den äußersten Westen des Landes, in die urtümlich raue Bretagne: mit ihren gewaltigen Stürmen vom Atlantik her und dem erstaunlichen Wechsel der Gezeiten; mit schroffen Steilküsten und Halden massiver Granitblöcke als natürlichen Wellenbrechern vor flacheren Stränden; mit gigantischen Felsgebilden, die als erstarrte Fabelwesen der Märchenzeit hier an einsame Ufer gebannt scheinen, manchmal auch mitten hinein zwischen die kargen, aber von bunten Hortensien umwachsenen alten Häuser der Fischer-Dörfer; die Bretagne, mit ihren ernsten, wie aus der herben Landschaft emporgewachsenen Kirchen und den einzigartigen „Calvaires", den aus Urgestein herausgemeißelten Szenen um Leben und Sterben Jesu, die ihre Betrachter seit vielen Generationen zugleich fesseln und bewegen; die Bretagne mit ihren „Menhiren", diesen geheimnisumwitterten, mächtigen Granitsäulen, die die Menschen vor fünftausend Jahren überall im Land aufgerichtet oder – wie in der Nähe des heutigen Carnac – zu kilometerlangen steinernen Alleen aneinandergereiht haben, hin zur untergehenden göttlichen Sonne und vielleicht auch zum dort vermuteten Ende der Welt; die Bretagne schließlich mit ihren selbstbewussten Bewohnern und der höchst eigenwilligen Rolle, die sie in der Geschichte Frankreichs bis in die neueren Zeiten gespielt haben. –

Hineinbefohlen als Soldaten, als Eroberer, in diese bretonische Umgebung, errichten die Deutschen in den frühen 1940er Jahren dort an den Küsten gegen die befürchtete Invasion der Alliierten ein System von Bunkeranlagen, nach der herrschenden deutschen Großmäuligkeit als „Atlantik-Wall" gerühmt.

Im Rahmen dieser militärischen Planungen baut eine deutsche Marine-Flak-Einheit zu Beginn des

Jahres 1943 in Pertuischaud/Saint-Nazaire, nahe den hoch aufragenden atlantischen Ufern, auf einem Plateau des Hauses von Madame Pavageau, einen der neuen, besonders leistungsstarken Scheinwerfer auf. Sie sind zum Fixieren und Irritieren feindlicher Flugzeuge beim Beschuss durch schwere Flak-Geschütze ausgerüstet.

An einem solchen Gerät, das unter dem Decknamen „Blau 1“ registriert ist, versieht auch der aus Fulda stammende deutsche Gefreite Walter Hose seinen zunächst ziemlich eintönigen Dienst. Bei seinem offenen und freundlichen Wesen kann es nicht ausbleiben, dass er trotz des Verbots „jedweder Verbrüderung mit der feindlichen Bevölkerung“ und obwohl er zunächst so gut wie kein Wort Französisch beherrscht, auch zu den Menschen Kontakt findet, auf deren Terrasse er täglich seine Pflicht als Soldat erfüllen muss.

Mit Madame Pavageau, deren Mann bereits vor Jahren gestorben ist, verbindet ihn eine sozusagen professionelle Gemeinsamkeit, nämlich das Schneiderhandwerk, das auch er gelernt und bis zu seiner Einberufung zum Kriegsdienst ausgeübt hat. Nachdem er ihr das mit Händen und Füßen verdeutlicht hat, gewährt ihm die Französin, möglichst unauffällig, gelegentlich Zugang in ihre Wohnung, wo die beiden – mit Hilfe seines schlichten Wörterbuchs und anhand ihrer gerade in Arbeit befindlichen Näherei-Aufträge – sich zunächst der üblichen Wörter und Floskeln zur einfachsten Verständigung vergewissern, bald auch geläufiger Fachausdrücke des gemeinsamen Berufes.

Dabei erkennt die „einfache“ Französin bald, dass der „einfache“ deutsche Soldat – ein offiziell verhasster „Boche“ und „Erzfeind“ ihres Volkes – auch nichts anderes ist als ein normaler, verständnisvoller junger Mann, der sich eigentlich nur dadurch von ihr unterscheidet, dass er ungefragt in einer weit entfernten Region dieser Welt geboren wurde und aufgewachsen ist, mit anderer Herkunft und Lebensart der Menschen und mit einer anderen Sprache. Aber können das, so geht es ihr jetzt ab und zu durch den Kopf, Gründe sein, dass die Herrschenden in Machtgier und Überlegenheitswahn, anstatt sich um Verstehen und Austausch zu bemühen, ihre Völker gegeneinander aufhetzen und in unbegreifliche, mörderische Kriege stürzen? –

Im Haus von Madame Pavageau lebt auch ihre Tochter Simone mit ihrer kleinen Marie-Madeleine. Unter den strengen, althergebrachten Vorstellungen von Familie hat sie Mathurin Begaud geheiratet, einen wortkargen, bärbeißigen Seemann, der sich nicht sonderlich um seine junge Frau bemüht; vielleicht, weil auch sie für diesen gefühlsarmen Mann keine freundlichen oder gar liebevollen Neigungen aufzubringen vermag. Nicht selten befindet er sich für Wochen oder Monate, ohne ihr ein Lebenszeichen zu schicken, auf hoher See. Dann sucht sie in ihrem tristen Alltag noch ein bisschen Geborgenheit und Trost bei der Mutter.

Zu allem Unheil ist Mathurin schon bald nach Beginn des Krieges in deutsche Gefangenschaft geraten; und auch von dort treffen nur selten ein paar kümmerliche Briefzeilen in Pertuischaud ein.

Walter Hose, der aus einfachen Verhältnissen kommt und von Kind an gelernt hat, mit seinen Augen und Ohren in der Welt das Naheliegende und Notwendige zu erkennen, bemerkt schnell, dass im Hause der Schneiderin nicht nur eine manchmal niedergedrückte Stimmung, sondern, wie so oft unter feindlichen Besatzungen, auch Mangel herrscht; selbst an bescheidener Nahrung. Deshalb tut er sein Mögliches, um zu helfen. Vor allem, indem er von seiner eigenen Verpflegung einen Teil zurückbehält und durch sein gutes Verhältnis zum Chef der Kantine auch dort oft etwas abzuzweigen versteht, um es heimlich den französischen „Genauso-Menschen" zu bringen. Dadurch erwächst nach und nach ein Verhältnis gegenseitigen Vertrauens.

Und wie das Leben oft unberechenbar seine Karten zu mischen beliebt: Zwischen Walter Hose und Simone Begaud ereignet sich, wenn auch zunächst verdrängt und dann behutsam verborgen vor der Mutter, was man Liebe auf den ersten Blick nennt – und was Simone auch Jahrzehnte später in erschütternder Rückschau auf ihr Dasein noch „die Liebe ihres Lebens" nennen wird.

So sehr sind die beiden in dieser kurzen Spanne

Zeit ein Herz und eine Seele, dass sich Simone nur nebenbei für den deutschen Nachnamen ihres Geliebten zu interessieren scheint und ihn deshalb – mit ungeahnten Folgen – wieder vergisst.

Über dem kurzen Liebesglück der beiden braut sich nämlich schon bald ein dunkles Schicksal zusammen. Der unselige Krieg, der sich inzwischen an vielen Orten der Welt zu immer neuen Katastrophen steigert, bricht plötzlich auch über das unscheinbare Pertuischaud herein. Denn die Alliierten haben es jetzt verstärkt auf die massiven, tunnelartigen Verstecke der deutschen U-Boote an der nahen Atlantikküste abgesehen. Weil sie aber wegen der deutschen Flak-Abwehr ihre Luftangriffe aus großer Höhe durchführen, verfehlen die schweren Bomben und Luftminen meistens ihre eigentlichen Ziele oder können ihnen nichts anhaben, während sie immer häufiger mit verheerender Wirkung in den küstennahen Orten einschlagen.

Deshalb beginnt man kurzerhand, dort die Zivilbevölkerung zu evakuieren. Und so muss eines Tages auch Simone Begaud mit ihrem Kind innerhalb weniger Stunden das Haus verlassen. Niedergeschlagen und unter Tränen wird sie zusammen mit anderen Dorfbewohnern auf Militärlastwagen zu Notunterkünften im Landesinneren verfrachtet, während Walter Hose zu diesem Zeitpunkt für einige Tage an einen anderen Einsatzort abkommandiert worden ist.

Aufgewühlt und ratlos macht er sich nach seiner

Rückkehr sofort auf die Suche und trifft wenigstens noch Madame Pavageau an, die sich inzwischen auch schon für die Evakuierung bereithalten muss. In aller Eile kann er ihr noch einen Zettel für ihre Tochter zustecken, in der Hoffnung, dass die Mutter an denselben Ort gebracht werde. In seinem stammelnden Französisch schreibt er ein paar herzzerreißende Worte an seine Geliebte, mit dem Versprechen, er werde ihren Aufenthaltsort herausfinden, um sie wiederzusehen. Ein trauriger Irrtum, wie sich zeigen wird. Obwohl er nicht recht weiß, wozu das gut sein sollte, fügt er auf dem Briefchen seine Adresse als Soldat und auch noch die deutsche Heimatanschrift hinzu.

Madame Pavageau, deren mütterlich wachsamen Augen, trotz aller Heimlichkeit, die immer enger werdenden Beziehungen der beiden Verliebten nicht entgangen sind, sieht sich in einem schwerwiegenden Konflikt: Was würde geschehen, wenn das Verhältnis ihrer Tochter mit einem Deutschen, einem feindlichen Besatzer, herauskäme? Noch dazu, während deren Mann sich in deutscher Kriegsgefangenschaft befindet. Wie würden die Verwandten, die Freunde, die Nachbarn reagieren? Welcher „Schande“ und Verachtung würde nicht nur Simone, sondern auch sie selbst ausgesetzt sein. Erst recht, wenn die Deutschen, was sich doch die meisten der französischen Landsleute sehnlich erhoffen, eines Tages von den Alliierten wieder aus dem Land geworfen würden. Was gar – sie mochte den Gedanken kaum zu Ende denken – wenn ihre Tochter von dem Deutschen, einem zwar freundlichen, hilfsbereiten und sympathischen jungen Mann, der auch ihr ein wenig ans Herz gewachsen ist, aber in den Augen der anderen eben doch der „Feind" und der „Boche" bleibt, – wenn also Simone von ihm ein Kind bekommen würde? Nur zu gut konnte sie sich noch erinnern an Szenen nach dem „grande guerre", dem ersten Weltkrieg, als Frauen, die sich „mit dem Feind eingelassen" hatten, kahl geschoren, öffentlich bloßgestellt, durch die Straßen getrieben und von der johlenden Menge bespuckt und geschlagen wurden. Und welch trauriges Schicksal hatten in solchen Fällen nach aller Erfahrung die unschuldigen Kinder zu erwarten? Hin- und hergerissen zwischen Gefühl und Verstand, ringt sich Madame Pavageau dazu durch, den Zettel, den ihr Walter Hose in die Hand gedrückt hat, einfach verschwinden zu lassen.

Für ihn kommen indessen die „Einschläge", von denen man oft ironisch leichthin redet, jetzt auch im wörtlichen Sinne von Tag zu Tag näher; bis sie bei einem schweren Angriff englischer Bomber nicht nur seine Scheinwerferanlage zerstören, sondern auch ihn selbst halb unter Trümmern begraben und schwer verwunden, wobei er vor allem ein Auge verliert.

Im Dämmerzustand, in dem er in einem Lazarett allmählich wieder zu sich kommt, tauchen in wirren Bildern und Gedankenfetzen die Begegnungen mit Simone auf. Zugleich aber beginnt er in halbwegs klaren Augenblicken einzusehen, dass er sie wohl, wer weiß wie lange, nicht mehr sehen wird.

Etwa zur selben Zeit erhält Simones Mutter, die glücklicherweise in der Nähe ihrer Tochter untergekommen ist, einen Brief aus Pertuischaud von ihrer alten Freundin Martine, einer der wenigen, die „bis auf Weiteres" im Ort zurückbleiben dürfen. Die Schreiberin berichtet betrübt und mitfühlend, dass durch einen Fliegerangriff auf die deutschen Scheinwerferstellungen unter anderem auch das Pavageausche Haus getroffen und dabei, wie sie gehört habe, auch der freundliche deutsche Soldat, von dem sie ihr gelegentlich hinter vorgehaltener Hand erzählt habe, schwer verwundet und irgendwohin in ein Lazarett gebracht worden sei. Ach ja, fügt sie hinzu, der schreckliche Krieg! Der erweise sich immer mehr als die eigentliche Hölle. Das könne ihr niemand mehr ausreden.

Madame Pavageau, schon deprimiert genug wegen der Schäden an ihrem Haus, die sie tatenlos aus der Ferne hinnehmen muss, sträubt sich aus den erwogenen Gründen in ihrem Inneren dagegen, dass sich auch noch ihre Tochter weiter in grausame Ausweglosigkeit verrenne. Deshalb ist sie schließlich überzeugt, es richtig zu machen, wenn sie Simone möglichst nüchtern die Wahrheit mitteile. Auf diese Weise, so hofft sie, werde die junge Frau, nach der ersten Bestürzung, am ehesten wieder zurückfinden ins „normale“ Leben. Und die Erinnerungen an die Affäre mit dem deutschen Soldaten, die man peinlich verschweigen werde, würden unter den unausweichlichen Herausforderungen des Alltags schnell verblassen und schließlich erlöschen.

Simone aber schreit, zum Entsetzen der Mutter, wie von Sinnen auf, als sie von dem schweren Schicksalsschlag erfährt, der ihren Geliebten getroffen hat. Danach wechselt ihr Gemütszustand tagelang zwischen heftigen Weinkrämpfen, stillem Schluchzen und Phasen dumpfer Apathie. Und weil sie die nüchterne Art der Mitteilung durch die Mutter für teilnahmslose Gleichgültigkeit hält, wendet sie sich für längere Zeit stumm von ihr ab.

Nach einigen Wochen wird ihr in der inneren und äußeren Einsamkeit auch noch zur Gewissheit, was sie zunächst nur geahnt hat: Sie ist schwanger. Für die Mutter scheinen damit ihre schlimmsten Befürchtungen wahr zu werden: Warum bloß musste ihre Tochter diese Torheit begehen, sich selber und die ganze Familie in eine solche Situation zu bringen? Als ob der Krieg nicht schon genug Elend und Kummer bereithalte.

Aber alle offenen und versteckten Vorwürfe können den Kokon einer fast kindlich-trotzigen Selbstgewissheit, mit dem sich Simone umgibt, nicht durchdringen. Und als die vertraute Freundin der Mutter wohlmeinend gar eine der gewöhnlich verschwiegenen und doch bekannten „Engelmacherinnen“ ins Spiel bringt, stößt sie bei der Schwangeren auf schrille Entrüstung.

Unter diesen Bedingungen bringt Simone Begaud am 22. November 1943 in der kleinen Geburtsklinik im abgelegenen Savenay ein Kind zur Welt, einen stillen, pausbäckigen Jungen, den sie, trotz allem, selig in ihre Arme schließt. Er bekommt den Namen Jean-Paul.

Drei Tage später, als Simone morgens aus dem Schlaf aufwacht, ist ihr Kind verschwunden. – Auf Veranlassung der unerbittlichen Familie hat man ihr, um Beschämung und abzusehendes Unheil zu verhindern, den Kleinen weggenommen und ihn in aller Heimlichkeit über die „Gesellschaft zum Schutz verlassener Kinder“ in die Anonymität einer Pflegemutter in Saint-Nazaire gegeben.

Schließlich sei Simone selbst schuld an ihrer Lage, die auch zu ihrem eigenen Schutz und Vorteil keinen anderen Ausweg lasse. Außerdem habe sie in diesen schweren Zeiten genug Verpflichtungen gegenüber ihrer kleinen Tochter Marie-Madeleine.

Verlassen und niedergeschlagen ergibt sich Simone in ihr Schicksal. Immerhin schafft sie es nach einigen Monaten, durch ihre beste Freundin Georgette, die sie von Anfang an in ihr Schicksal eingeweiht hat, herauszubekommen, wo sich der kleine Jean-Paul bei der Pflegemutter Madame Moriceau befindet. Deshalb strickt und näht sie jetzt ab und zu Sachen für das Kind, kann sie ihm aber nur anonym über eine soziale Einrichtung zukommen lassen.

Auch hegt sie noch eine gewisse Hoffnung, dass ihr Mann Mathurin, wenn er aus der deutschen Gefangenschaft zurückkehren sollte, den kleinen Jean-Paul als Kind annehmen werde. Als der aber tatsächlich wieder bei ihr eintrifft, lehnt er ihre eindringliche Bitte brüsk ab. Dennoch glaubt sie ihn mit der Geburt eines zweiten gemeinsamen Kindes zu besänftigen. Da es aber „nur" ein Mädchen ist und er von ihr auch noch einen Sohn will, verweigert sie sich ihm mit der entschiedenen Antwort: „Ich habe einen Sohn. Wenn du den nicht willst, dann will ich auch keinen Sohn von dir!" Damit erscheint es ihr immer aussichtsloser, den kleinen Jean-Paul jemals zu sich nehmen zu können.

Zwar gibt es aus einer späteren Zeit vage Andeutungen der Freundin, dass Simone auf abenteuerliche Weise sogar das Lager ausfindig gemacht habe, in dem Walter, unter ziemlich erbärmlichen Bedingungen, jetzt in französischer Kriegsgefangenschaft ausharren musste. Sie habe auch gemeint, ihn aus der Ferne kurz erkannt und ihm gewinkt zu haben, ehe sie ihn in der trostlosen Menge der Mitgefangenen für immer aus dem Blick verloren habe. Niemals in ihrem ganzen späteren Leben habe sie mit jemandem über dieses traurige Erlebnis offen geredet.

Tief entmutigt ringt sie sich nach drei Jahren dazu durch, auf alle Rechte als leibliche Mutter ihres Kindes zu verzichten und es zur Adoption freizugeben, weil sie ihm damit für eine ungetrübte Zukunft am besten zu helfen glaubt. Daraufhin wird der kleine Jean-Paul vom kinderlosen Ehepaar Louis und Augustine Simon gesetzlich adoptiert und – mit einem kleinen blauen Ball, seinem einzigen Trost und Besitztum, – in ihr Haus aufgenommen. Dort halten ihn die beiden fremden Menschen gleich dazu an, sie von nun an mit „*Papa*“ und „*Maman*“ anzureden, Wörter, die er lustig findet, ohne zu verstehen, was sie bedeuten.

Simone Begaud aber, nachdem sie sich vergewissert hat, dass ihr Kind allem Anschein nach gut aufgehoben sein wird, versucht jetzt, um ihren Seelenfrieden zu finden, sich auch gefühlsmäßig mehr von ihm zu entfernen. Dazu gehört, dass sie von nun an ihr Hauptaugenmerk auf das Wohl ihrer Töchter Marie-Madeleine und Joelle richtet; wobei es ihr sehr wichtig erscheint, das Geheimnis um den Halbbruder peinlichst zu hüten. Nur so glaubt sie die beiden vor seelischer „Verwirrung“ oder gar entlarvendem Spott bewahren zu können. –

Mit der Schilderung des weiteren Lebensweges, den Jean-Paul Simon, wie er jetzt heißt, vor sich hat, verhält es sich für den Erzähler dieser unglaublichen Geschichte beinahe umgekehrt wie sonst bei literarischen Expeditionen. Gewöhnlich wollen eine interessante Begebenheit, ein provozierendes Problem, ein auffälliger Charakter, ein anregendes Motiv, eine Idee ... durch die „richtigen Worte“ in einen plausiblen Rahmen, ein Geflecht entsprechender Daten und Personen, einen glaubwürdigen Zusammenhang innerer und äußerer Abläufe gebracht werden, um Gestalt anzunehmen.

Anders bei Jean-Paul Simon: Von einem bestimmten Zeitpunkt an macht er sich mit erstaunlicher Mühe und Ausdauer selber daran, ein wahres Kaleidoskop aus emotional geprägten, detailreichen Aufzeichnungen festzuhalten; mit zeitlichen Unterbrechungen und deshalb vielen, manchmal verwirrenden Vor- und Rückblenden, überraschend neuen Gesichtspunkten oder Umwegen, denen er hartnäckig nachgeht, – niemals langweilig, häufig spannend. Und all diese innere und äußere Anstrengung nur, um auf die quälende Frage nach seiner Herkunft eine befreiende Antwort zu finden.

Das bedeutet für den Erzähler, dass er sich im begrenzten Rahmen dieses Buches vor die Aufgabe gestellt sieht, aus der Fülle von Namen, Daten, historischen Vorgängen, aus geschilderten Episoden, Reflexionen, Zweifeln und Einsichten, aus amtlich bestätigten Willenserklärungen und Urkunden, aus Briefen, Korrespondenzen und Bildern – dem Stoff für einen ganzen Roman – eine chronologisch geraffte, inhaltlich konsequent entfaltete Geschichte entstehen zu lassen.

Kindheit und Jugend Jean-Pauls verlaufen in dem großen, von einem Park und ländlicher Idylle umgebenen Haus des „Notars auf dem Lande“ Louis Simon, seines *Papas*, zunächst ohne erwähnenswerte Begebenheiten. Was ihm wegen der abgeschiedenen Wohnlage an Kontakten zu Gleichaltrigen abgeht oder nur zögernd zustande kommt, gewinnt er durch Entdeckungen in der Natur und bei seinen Streifzügen durch Hühnerhöfe und Ziegenställe.

Die *Maman* behütet „ihr Kind", wie sich das bei Adoptiveltern häufig beobachten lässt, besonders sorgsam. Vor allem nach seiner Aufnahme in die Schule ist sie mit unermüdlicher Anteilnahme bemüht, ihm „Bildung" zu verschaffen. Das heißt aber auch, dass sie den Jungen schon bei jeder nicht ganz guten Note zu doppeltem Fleiß und größerer Aufmerksamkeit anspornt und es kaum ertragen kann, wenn er nicht der Erste ist. Schließlich soll es nicht heißen, sie hätten mit ihrem Adoptivkind einen Fehlgriff getan.

Vom Vater wird der kleine Jean-Paul oft im Auto auf kürzeren Dienstfahrten oder bei Ausflügen mitgenommen. Dabei lässt es sich der stolze *Papa* nicht entgehen, Freunden oder Bekannten nunmehr „seinen Sohn" vorzustellen.

Dem fällt allerdings mit zunehmendem Alter auf, dass der Vater die Unterhaltung mit seinen Gesprächspartnern sofort auf ein anderes Gleis zu bringen sucht, sobald der eine oder die andere ein wenig geheimtuerisch mit der Frage beginnt: „Weiß er denn (schon) ...?"

Obwohl den Jungen daraufhin stets die Wissbegier plagt, wagt er es aus Scheu nicht, näher zu fragen. Vielleicht auch deswegen, weil seit Längerem gehässige oder neidische Mitschüler, um ihn zu ärgern, in ihrem Unverstand hinter ihm her rufen: „Du bist ja gar kein richtiges Kind! Du bist ja nur adoptiert!" Solche

Zurufe verunsichern ihn noch mehr, obwohl er sich zunächst einredet, das sei eben nur eines der vielen garstigen Wörter, mit denen sich Kinder zu beschimpfen pflegen. Andererseits geistern durch seine Träume manchmal noch früheste Erinnerungen an Madame Moriceau, verschwommene Bilder, die er sich nicht erklären kann.

Ehe er aber, wie in „besseren Kreisen" jener Zeiten üblich, von den Eltern einem kirchlichen Internat in der Stadt anvertraut wird, um gleichzeitig die damit verbundene „höhere Schule" zu besuchen, macht der Elfjährige eine Entdeckung, die für sein künftiges Leben zu einem unverrückbaren Wegweiser werden soll.

Am Tag seiner feierlichen Erstkommunion, hält es die fromme Mutter in ihrer Angst, Jean-Paul könnte sich innerlich von ihnen entfernen, wenn er die Wahrheit erführe, für richtig, ihn mit einer – wie er später sagt – „neuen Lüge" zu beschwichtigen. Einmal, so sagt sie ihm, werde er es schließlich doch erfahren: Ja, er sei nicht ihr „richtiges" Kind. Vielmehr hätten sie, als *Papa* und *Maman*, ihn zu sich genommen, weil seine ersten Eltern bei einem Bombenangriff auf Saint-Nazaire oder Nantes ums Leben gekommen seien.

Tags darauf, während der Vater unterwegs ist, fällt Jean-Paul die offen stehende Tür des Tresors auf. Von vibrierender Neugier erfasst, tritt er näher und überblättert die amtlichen Schriftstücke, die er zum Teil von ihrem Äußeren durch die Dienstfahrten mit dem Vater zu kennen glaubt. Schließlich fällt sein Blick, ganz zuunterst, auf einen gelb hervorstechenden, unverschlossenen Umschlag. Vorsichtig zieht er ihn hervor und entnimmt ihm eine „Geburtsurkunde“, darauf der Name eines Vaters, der Name einer Mutter und der Geburtsort eines Kindes mit dem Namen „Jean-Paul Begaud“! – Ein Schock, eine „unbeschreibliche Gefühlsaufwallung“, wie er sich später ausdrückt, durchfährt ihn, bevor er blitzschnell das entdeckte Dokument wieder an seinen Platz zurücklegt.

Von diesem Augenblick an verspürt er, ebenso unbeschreiblich, tief in seinem Inneren eine Sehnsucht, einen geheimnisvollen Drang, herauszubekommen, wer sich hinter den Namen auf der Geburtsurkunde verbirgt; das heißt, wer seine wahren Eltern sind; heißt auch, wer e r ist!

Seine Zeit in Internat und Schule empfindet er als überaus streng, seelenlos, ja unmenschlich. Kaum haben zum Beispiel die Eltern nach seiner Aufnahme in der Anstalt die Tür hinter sich zugemacht, erhält er, ohne zu verstehen warum, schon die erste schallende Ohrfeige, weil er einen anderen Schüler etwas fragen will.

Rückblickend auf viele Ereignisse, sieht er die fünf Jahre in dieser Einrichtung als „eine Aufeinanderfolge von Schikanen und Züchtigungen durch meine Lehrer, jene schrecklichen Priester, die sich mit ‚Vater‘ anreden ließen". Obwohl er unter autoritärem Druck auch etwas gelernt habe, seien es doch „fünf Jahre wie in einem Zuchthaus" gewesen.

Dennoch unternimmt er, einmal neugierig geworden, auch während dieser Zeit bereits erste vorsichtige Versuche, Genaueres über seine Herkunft in Erfahrung zu bringen. Vergeblich, denn die Eltern Simon, die ihm eigentlich wichtige Hinweise geben könnten, versuchen mit hundert Ausflüchten jeder Aufklärung auszuweichen. Und zwar, wovon er jetzt fest überzeugt ist, aus einer für ihn unbegreiflichen Angst, den „Sohn" dadurch für immer zu verlieren: die fromme, „allzu gläubige" Mutter den sehnlich erhofften „Mann der Kirche", wie sie einen Priester zu nennen pflegt, der Vater dagegen den begehrten „Weiterführer seines Namens".

Nach dem Besuch weiterer Internatsschulen – wo er in der Abschlussklasse immerhin auch einen Priester als Lehrer erwähnt, den er wegen seiner menschlichen Anteilnahme und Aufgeschlossenheit für die Probleme seiner Schüler rühmend hervorhebt – folgen Jahre im Militärdienst, Anläufe zur Berufswahl, schließlich 1971 der erfolgreiche Abschluss der Verwaltungsschule für den Strafvollzug, wo er sich besonders auf eine möglichst menschliche Betreuung von Strafgefangenen vorbereitet hat.

Etwa zur gleichen Zeit heiratet er Veronique. Die beiden bekommen zwei eigene Kinder und nehmen zwei weitere, aus Manila stammende, an Eltern statt an, „nicht von unserem Fleisch und Blut, aber von unseren Herzen“, wie er sich ausdrückt. Nicht von ungefähr sind es gerade diese Kinder, die in ihm wieder die verdeckte Glut der alten Fragen entfachen: Woher kommst d u ? Wer waren sie? – oder: Wer s i n d sie?

Durch Zufall kommt er in einem Telefongespräch mit dem Amt für Geburtsurkunden endlich den entscheidenden Schritt voran: Von einer vermutlich jungen Mitarbeiterin der Behörde, die die vorgeschriebene Zurückhaltung bei Anfragen anscheinend noch nicht verinnerlicht hat, erhält er den Hinweis, seine „Erzeuger“ Simone und Mathurin Begaud könnten möglicherweise noch in der Stadt Saint-Nazaire leben. Etwas später erfährt er noch genauer, dass Mathurin Begaud (sein Vater?) gestorben sei.

Auf eigenartige Weise zögernd, was „nur jemand in ähnlicher Situation verstehen kann“, rafft er sich auf, das zu tun, wonach er sich „so lange gesehnt“ hat: seine „wirklichen Eltern“ oder wenigstens noch seine Mutter zu finden! Also fährt er im November 1990 nach Saint-Nazaire und ermittelt die Adresse der Wohnung, von der er annimmt, dass „jene unbekannte Frau“ dort wohne, deren Namen er vor Jahren auf der Geburtsurkunde im Tresor des *Papa* zum ersten Mal entdeckt hat.

Lange läuft er vor dem Haus auf und ab, mustert genau alle Leute, die vorbeigehen, in der ungewissen

Erwartung, vielleicht das Gesicht entdecken zu können, das er sucht. Aber niemand geht in das Gebäude hinein. Schließlich sucht er ganz in der Nähe eine Telefonzelle auf und wählt, während ihm „das Herz bis zum Halse schlägt“, die erkundete Nummer. Aber in der panischen Angst vor einer alle Mühen zunichte machenden Enttäuschung legt er den Hörer wieder auf –, um es kurz darauf doch noch einmal zu versuchen. Und als er jetzt sicher ist, dass die gewählte Verbindung zustande gekommen ist, bringt er stockend wenigstens ein paar Worte heraus: „Madame, – guten Tag, Madame. – Ich weiß nicht, – wie ich es sagen soll. – Erinnern Sie sich noch – an den 22. November 1943? – Ich heiße Jean-Paul“. – Kurzes Schweigen. – „An den 22. November? – Nein“. – Und während er schon seine ganze Hoffnung dahinschwinden sieht, hört er in die lähmende Stille hinein: „Warten Sie, haben Sie ‚Jean-Paul‘ gesagt?“ Und auf einmal erscheint die fremde Stimme wie verwandelt, indem es – nach 47 Jahren des Schweigens und Verdrängens – aus ihr hervorbricht: „Oh, ich wusste es! Ich wusste, dass es eines Tages geschehen würde!“ – Ergriffen von überquellender Freude beim Klang dieser Worte, stammelt Jean-Paul irgendetwas, ohne zu überlegen, was: „Ich weiß nicht, was ich sagen soll. – Ich bin Ihnen nicht böse. – Deshalb rufe ich nicht an! – Ich möchte nur Ihre Stimme hören, – nur wissen ...“ Und während er gebannt in den Hörer lauscht, vernimmt er, als ob die gütige Stimme am anderen Ende der Leitung schon zu ahnen scheine, was er so brennend erfahren möchte: „Walter, Ihr Vater, war ein deutscher Soldat, ein ‚Feind', wie man es mir so oft vorgeworfen hat. Aber er war ein guter Mensch. Unbegreiflicherweise habe ich nur seinen Vornamen behalten und dass er von Beruf Schneider war!"

Am liebsten möchte der Sohn im Überschwang seines Glücks sogleich ein Treffen mit der so sehnsüchtig gesuchten, endlich gefundenen Mutter vereinbaren. Aber sie bittet um Aufschub und größte Behutsamkeit, weil sie um keinen Preis ihre beiden Töchter verwirren oder gar vor den Kopf stoßen will, die sie liebt und auf deren Hilfe sie angewiesen ist. Und denen sie ihr trauriges Los während der Zeit des Krieges von Anfang an verschwiegen hat.

Dennoch ist Jean-Paul von diesem Erlebnis so berauscht, dass er noch am selben Abend Veronique, seine Frau, anruft, wobei es aus ihm hervorsprudelt: „Stell dir vor, Simone ist wirklich meine Mutter! Sie will mich sehen! Und sie hat mir, zu meiner großen Überraschung, einen Namen genannt! Den für mich von heute an schönsten Vornamen auf der ganzen Welt: ‚Walter', den Namen meines leiblichen Vaters, eines Deutschen!"

Nach einigen Tagen und einem zustimmenden Anruf von ihr stellt sich Jean-Paul nervös vor Simones bescheidener Wohnung ein, versucht sich zu beruhigen – und klingelt. Und dann erscheint in der Tür die fremde Frau, die seine Mutter ist, blickt ihn eine Weile mit ihren großen, noch immer schönen Augen prüfend, fast ein wenig wie abwesend an, lächelt kurz, fährt sich mit der Hand über die Stirn, als wolle sie in ihrem Kopf einen Vorhang beiseite schieben, und bittet ihn in die gute Stube. Dort steht er ihr noch einmal ein paar Atemzüge lang wortlos gegenüber. Und wieder schaut sie ihm dabei unverwandt in die Augen –, bis sie ihn plötzlich unter Tränen und Schluchzen so heftig in ihre Arme schließt, als wolle sie ihn nie mehr freigeben. Jetzt kann auch er sich der Tränen nicht mehr erwehren.

Nachdem er auf ihre Frage, ob er etwas trinken möchte, nur stumm mit dem Kopf geschüttelt hat, nehmen sie nebeneinander auf dem Sofa Platz und kommen, beinahe wie selbstverständlich, in ein Gespräch über ihr Leben, das eigentlich zusammengehörte, aber gewaltsam getrennt wurde. Besonders gerührt ist Jean-Paul, als Simone erzählt, dass sie über ihre Freundin Georgette durch all die Jahre heimlich seinen Lebensweg verfolgt hat, bis hin zu seiner Hochzeit mit Veronique. Danach habe sie das befreiende Gefühl gehabt, dass sich nun eine andere liebevoll um ihn kümmere.

Während die beiden, ganz in sich versunken, miteinander reden, beginnt er nachzuempfinden, was er kurz zuvor in einem Buch gelesen hat: „... Ich sah eine normale Frau, eine Frau wie andere. Ich wusste, dass dies meine Mutter war, ... wir setzten uns nebeneinander auf ein Sofa. Und wir erzählten uns aus unserem Leben. Und ich war... erstaunt, auf so intime Weise mit einer Frau zu sprechen, die ich nicht kannte." Dabei spürt Jean-Paul, wie eine tiefe, bisher noch nie erfahrene Ruhe über ihn kommt. –

Das ändert sich, als Simone mit glänzenden Augen von „Walter" zu erzählen beginnt, von der traurigen Kriegszeit und den doch so glücklichen Wochen mit ihm damals in Pertuischaud. Selbst Kleinigkeiten hat sie über Jahrzehnte hin nicht aus ihrem Gedächtnis verbannt. Vor allem, wie sie sich durch den Schneiderberuf der Mutter zum ersten Mal begegnet seien und auf der Stelle „entflammt" waren. Und wie der unselige Krieg sie ohne Erbarmen wieder auseinandergerissen habe. – „Ach", sagt sie, „wenn ich ihn doch wiedergefunden hätte, ich wäre mit ihm gegangen, egal wohin!" Umso unbegreiflicher sei es für sie inzwischen, dass sie sich damals seinen deutschen Nachnamen nicht gemerkt habe.

Nicht von ungefähr nimmt also das Gespräch der beiden auf einmal eine dramatische Wendung, indem die Mutter den Sohn ansieht und beinahe flehentlich nur zwei Worte sagt: „Finde ihn!" Und nach einer ihm ewig vorkommenden Pause wiederholt sie: „Ja, finde ihn! – für dich!" Und zuletzt hört er noch, wie sie leise vor sich hin spricht: „Und für mich".

Als ihm am nächsten Tag die erlebte Heimkehr zur Mutter, dieser zur Wirklichkeit gewordene Traum seines Lebens, noch einmal in allen Einzelheiten durch Kopf und Herz geht, sind es vor allem jene beiden Worte, die sich in seinem Gedächtnis eingenistet haben: „Finde ihn!“ – Aber war das nicht die unerfüllbare Wunschvorstellung einer vom Schicksal enttäuschten Frau? Eine pure Illusion?

Die Begegnungen zwischen Mutter und Sohn in den folgenden Jahren sind herzlich, aber nicht sehr häufig; vor allem weil Simone, fast traumatisch, noch immer in der Furcht lebt, sie und besonders ihre Töchter könnten auch jetzt noch in spöttisches oder gar bösartiges Gerede der Leute kommen.

Jean-Paul dagegen ist glücklich, im Laufe der Zeit auch seine Frau und seine Kinder mit Simone als Schwiegermutter und Oma vertraut machen zu können. Und dennoch bleiben ihm dabei immer jene Worte im Sinn, die sie bei der ersten Begegnung so eindringlich an ihn gerichtet hat wie eine Verpflichtung für sein Leben, der er sich nicht leichtfertig entziehen konnte. Deshalb redet er sich zu, nichts unversucht zu lassen. Sollte es denn ganz und gar abwegig sein, dass ihm, wie mit der Mutter, noch einmal eine so tiefe Erfahrung zuteil würde, vielleicht sogar eine endgültige Heilung seiner Gebrochenheit, wenn er auch noch seinen Vater fände?

Aber das war leicht gedacht. Gab es bei der Suche nach „Simone Begaud“ immerhin einige, wenn auch zunächst verdeckte Hinweise, so fehlt ihm für Erkundigungen nach dem Vater so gut wie jeder erfolgversprechende Ansatz. Nicht zuletzt, weil sich Simone, wie erwähnt, seinen Nachnamen nicht gemerkt hat. Was weiß er folglich von ihm, außer seinem deutschen Vornamen, dem Beruf eines Schneiders, seinem militärischen Dienst an einem Scheinwerfer in Pertuischaud und dass er dabei schwer verwundet wurde. Deprimierend wenig, um ihn in Deutschland, einem fremden Land, dessen Sprache er nicht einmal beherrscht, jemals zu finden. Und doch spürt er – ähnlich den großen Entdeckern, deren Berichte über noch unbekannte, aber lockende Ziele er in Jugendjahren oft gelesen hat, – auch in sich den wachsenden Wunsch, eines Tages seinem Vater in die Augen schauen zu können.

Also beginnt er mit zähem Eifer seine Suche, indem er sich zunächst an die französische Botschaft in Bonn wendet, wo ein hilfswilliger Beamter zwar für sein Anliegen Verständnis zeigt, ihm jedoch kaum Hoffnungen auf einen Erfolg machen kann, da nun einmal alle Gesuchten in den entsprechenden Archiven unter ihren Nachnamen registriert seien.

Deshalb betreibt er, um nichts unbedacht zu lassen, gemeinsam mit seiner Frau Veronique noch einmal genauere Nachforschungen in der engeren und weiteren Heimat, wo die beiden unter anderem Seekriegskarten entdecken, in denen auch die Stellungen der Deutschen während des Zweiten Weltkriegs im

Küstenbereich der Bretagne vermerkt sind. Sogar Einquartierungslisten deutscher Einheiten in verschiedenen Einsatz-Standorten spüren sie auf. Einmal mehr jedoch, und wie es scheinen will endgültig, scheitert alles daran, dass Simone sich „partout“ nicht an Walters Nachnamen erinnern kann.

Aber wir wissen ja bereits, dass der Zufall, anscheinend sogar im Voraus, ein wohlwollendes Auge auf Jean-Paul Simon geworfen hat. 1982, während eines seiner jährlichen Sommerurlaube mit der ganzen Familie in Denneville, droben an der Küste der Normandie, waren die Kinder eines Tages, wie so oft, damit beschäftigt, Strandgut zu sichten. Dabei entdeckt Gwenaele, die älteste Tochter, eine fest verschlossene Flasche und darin ein zusammengerolltes, unbeschädigtes Blatt Papier. „Das muss“, dämmert es ihr spontan, „eine Flaschenpost sein“! So etwas Spannendes hat sie noch nie gefunden. Sogleich trägt sie ihren „Schatz“ nach Hause und lässt ihn vom Vater öffnen. Heraus kommt ein richtiger kleiner Brief! Aber sie kann ihn nicht lesen. Mutter Veronique, die über ein paar Wortkenntnisse in Deutsch verfügt, bekommt heraus, dass ein deutsches Mädchen, Nina Viereck aus Bamberg, an ihrem zehnten Geburtstag die Flasche den geheimnisvollen Wellen des Meeres übergeben hat, während sie mit ihren Eltern auf Guernsay die Ferien verbringt, einer englischen Kanal-Insel, die Denneville genau gegenüberliegt. Die beiden fast gleichaltrigen

Mädchen knüpfen begeistert eine enge und dauerhafte Brieffreundschaft.

Nach einigen Jahren erwähnt Gweneale in einem ihrer Briefe an Nina unter anderem, sie sei sich übrigens inzwischen sicher, auch deutsche Wurzeln zu haben, sogar einen deutschen Großvater, der im Krieg Soldat in Frankreich gewesen sei. Ihr Vater komme jedoch bei den komplizierten Nachforschungen, die er auch in Deutschland aufgenommen habe, um ihn zu finden, nicht weiter. Sodass er im Begriffe sei, endgültig zu resignieren.

Und wieder scheint der Zufall sich auf die Seite Jean-Pauls zu schlagen. Unter den Verwandten der Akademiker-Familie Viereck gibt es auch einen Historiker, den Ninas Eltern für den Fall zu interessieren vermögen. Der verspricht, soweit es seine Zeit erlaube, sich ernsthaft hinter die Sache zu klemmen; für Jean-Paul und Veronique noch einmal ein Hoffnungsschimmer, dass ihr bisher enttäuschender Wettlauf mit der Ungewissheit und der Zeit vielleicht doch noch erfolgreich in eine Zielgerade einbiegen könnte.

Also schicken sie ihre inzwischen zusammengetragenen, Walter „X“ (Schneider / Gefreiter am Scheinwerfer Blau 1 der 703. Marine-Flak-Abteilung) betreffenden Unterlagen und Hinweise an Familie Viereck nach Bamberg: eine riesige „Fiselarbeit“ für den hilfsbereiten Historiker. Insgesamt 29 Bände mit Gefechtsberichten, Kriegstagebüchern, Abteilungsbefehlen, Namensverzeichnissen ... für den Bereich des 22. Marine-

Flak-Regiments durchforscht er im Militärarchiv Freiburg unter dem Vornamen „Walter“, einzig in der Hoffnung, ihn in einen verwertbaren Zusammenhang bringen zu können.

Schließlich stößt er im Kriegsheft der 5. Batterie/703 der Flak-Marine unter dem Datum 22. März 1943 auf einen für ihn bedeutsamen Vermerk: „Die Batterie erlitt in dieser Nacht ihre ersten Verlust an Soldaten. ... Der Schneider Walter Hofr wurde schwer verwundet, insbesondere durch das Herabfallen von Teilen des Mauerwerks. Er leidet an schweren Verwundungen am Kopf und wurde am linken Auge getroffen.“

Nach jahrelangen vergeblichen Bemühungen – endlich! – ein N a c h - Name, der sich dem Vornamen Walter zuordnen lässt! Bei abermaligem, genauerem Hinsehen wird erkennbar, dass in dem Kriegsheft offenbar schon damals bei einer Überprüfung etliche Eintragungen korrigiert wurden, und zwar von Hand in der üblichen „Sütterlin“-Schrift, in der sich die Buchstaben „s“ und „f“ ähneln. Entsprechend hat man aus einem undeutlich geschriebenen „e“ fälschlicherweise ein „r“ herausgelesen. Das bedeutet für den ermittelten Namen Walter „Hofr“, dass er, richtig entziffert, Walter „Hose“ lauten muss. Unter diesem Namen kann man nunmehr bei der zentralen „Wehrmachtauskunftstelle“ (WAST) in Berlin um gezielte Informationen nachsuchen. –

Und wirklich hält eines Tages, adressiert „an Monsieur Jean-Paul Simon ...“ der Empfänger eine Nachricht dieser Dienststelle in seinen Händen, die vor Aufregung zittern. Könnte sich das unbeschreibliche Glücksgefühl, das damals bei der ersten Begegnung mit Simone, seiner Mutter, über ihn kam, noch einmal wiederholen?

Aber Enttäuschung und Trauer sind groß. Aus den amtlich-knappen Mitteilungen erfährt er vor allem das eine: Der Kriegsgefreite Walter Hose, geboren am 29. 7. 1916, Einsatz bei einer Marine-Flak-Einheit in Saint-Nazaire Frankreich, ... zuletzt wohnhaft in Fulda, Dr.-Dietz-Straße, ist am 20. 11. 1978 in Fulda verstorben und wahrscheinlich auch dort beerdigt.

Um im Bilde zu bleiben: Der Sohn konnte bei seiner rastlosen Suche nach dem Vater zwar noch auf die Zielgerade einbiegen; aber auf der Linie steht niemand, der ihn erwarten konnte. –

Auch Simone ist von der Nachricht, dass Walter tot ist, tief berührt. Zugleich fühlt sie sich – für den Sohn unbegreiflich – jetzt erst recht bestärkt, das Geheimnis eines Halbbruders vor ihren beiden Töchtern zu wahren. So sehr scheint sie noch immer in ihrem alten Trauma gefangen, dass sie Jean-Paul das Versprechen abnötigt, auch künftig keinen Kontakt mit seinen „Schwestern“ aufzunehmen. Betrübt findet er sich damit ab und hält sich daran, zumindest solange die Mutter lebt; ähnlich, wie er sich vor Jahren dazu durchgerungen hat, die ängstlichen Adoptiveltern bis zu ihrem Tod von seiner leidenschaftlichen Suche nach „Simone“ und „Walter“ in Unkenntnis zu lassen.

Er wäre aber nicht der Jean-Paul, den wir mittlerweile kennen, wenn er sich mit der trockenen Mitteilung der „Wehrmachtauskunftstelle“ nun einfach zufrieden gäbe. Hat ihm das Schicksal auch verwehrt, dem so lange gesuchten Vater als einem noch Lebenden in die Augen sehen zu können, dann will er wenigstens sein Grab finden und ihm dort in Gedanken begegnen.

Einmal mehr mit Hilfe des Ehepaars Viereck aus Bamberg wendet er sich an das „Rathaus“ in Fulda und bekommt auch bald die Auskunft, dass der gesuchte Walter Hose 1978 in Fulda gestorben und auf dem Zentralfriedhof der Stadt beerdigt sei. Mit deutscher Gründlichkeit ist auch der Lageplatz des Grabes angegeben.

Nach langem Grübeln reift in Jean-Paul der Plan, wenn er das Grab seines Vaters im fernen Fulda besuche, auch einen Versuch zu unternehmen, dort vielleicht Verwandte des Verstorbenen zu treffen, die ja auch seine Verwandten wären! Sogleich aber beschleichen ihn Skrupel, wie die wohl reagieren würden, wenn sie erführen, es lebe in Frankreich noch ein Sohn von Walter Hose, der jetzt überraschend aufgetaucht sei! Deshalb sucht er die heikle Angelegenheit möglichst unverfänglich einzufädeln und schreibt – nur mit Hilfe eines Wörterbuchs – auf eigene Faust und gut Glück einen anrührend radebrechenden Brief an die vermutete Witwe des Verstorbenen, indem er sich als Angehörigen einer französischen Familie ausgibt, die damals im Krieg von einem deutschen Soldaten freundlich unterstützt worden sei, von dem sie bis vor Kurzem nur den Vornamen Walter gekannt hätten.

Lesen wir direkt in dem Brief: *Sehr geehrte Dame, vor 49 Jahre, in 1943, ein jung deutsch Soldat, sehr nett, während einige Wochen, meiner Familie nahrung bringt. Er war in Saint-Nazaire, ... Die Französisch Botschaft in Bonn informiert mich über Ableben von Herr Walter Hose in 1978, und ich bin sehr traurig wegen das! Tatsächlich meine Familie kannte nur der Vorname (Walter) und seine beruf (Schneider) und wir verstehen aber sprachen nich deutsch. ... Wir hoffen, meine frau und ich, gehen in Deutschland in April. Wir wünschen treffen Sie, bitte! ... Danke für ihre antwort, und entschuldigen Sie, aber es ist nicht leicht [nur] mit ein wörterbuch!*

Mit freundlichen Grüßen Jean-Paul Simon

Bange Wochen des Wartens vergehen, in denen die Hoses in Fulda zunächst überlegen, ob sie den Brief ernst nehmen sollen; dann aber – in vergleichbar brüchigem Französich – antworten sie, dass sie sich auf ein Treffen freuen würden.

Und so nimmt für Jean-Paul und Veronique die Sache ihren entscheidenden Verlauf. Durch die freundlichen Virecks in Bamberg finden sie in Benedicte, einer geborenen Elsässerin, die benötigte Dolmetscherin, vereinbaren für den 2. Mai 1993 das geplante Treffen mit Anna, der Witwe Walter Hoses, in deren Wohnung und quartieren sich schon am Tag vorher im Fuldaer Hotel „Europa" ein. Dort wollen sie gemeinsam mit Benedicte eine „Gesprächsstrategie" für das bevorstehende Treffen absprechen.

Am frühen Morgen des 2. Mai begibt sich Jean-Paul anhand eines Stadtplans von Fulda ganz allein auf die Suche nach dem genannten Friedhof und dem Grab seines Vaters. Dabei sollten wir ihn, in einer Übersetzung, noch einmal selber sprechen lassen:

In jenem Brief, den mir das Rathaus von Fulda zugeschickt hatte, stand, dass Walter Hose an Platz 50 liege. Aber der Platz enthielt kein Grab mit diesem Namen. Wie groß war meine Enttäuschung … und ich war gerade dabei, jenen Platz zu verlassen, als mein Blick auf Platz 54 fiel und dort auf einen Grabstein, auf dem in großen Buchstaben eingemeißelt war: Walter Hose. … Ich hatte es geschafft! Ich war demjenigen nahe, den ich so lange gesucht hatte – und der hier lag. Da ich ihm nahe war, ließ ich all meinen Tränen, die ich bisher zurückgehalten hatte, freien Lauf und kniete vor dem Stück Erde nieder, in dem er ruhte.

Am Nachmittag dieses Tages findet er sich klopfenden Herzens, wie verabredet um 15 Uhr, mit Veronique und der Dolmetscherin in der Dr.-Dietz-Straße vor dem genannten Haus ein, wo bereits eine ältere Frau mit ihrem Pudel auf sie wartet.

Damit sind wir – nachdem wir einen weiten Weg zurückgelegt haben – an den Ausgangspunkt unserer Erzählung zurückgekehrt. Anna Hose bittet die Gäste aus Frankreich in ihre Wohnung, wo sich auch ihre Tochter Petra und ihr Sohn Jürgen eingefunden haben und wo sie auf einem Tischchen Gebäck bereitgestellt hat. Aber bevor noch, nach einem Begrüßungsschluck, jemand etwas zu sich genommen hat und ehe Jean-Paul den ausgeklügelten Dialog überhaupt beginnen kann, vermittelt ihm die Dolmetscherin bereits eine erste, alle Anwesenden überraschende Bemerkung Annas: „Madame Hose denkt, dass du der Bruder ihrer Kinder bist!" – Auf seine verdutzte Miene hin fügt sie hinzu, ihr Mann habe einmal sehr nachdenklich erwähnt, dass er im Krieg eine junge Französin geliebt habe und dass er bestimmt in Frankreich geblieben wäre, wenn er sie wieder gefunden hätte. Vielleicht habe sie sogar ein Kind von ihm erwartet.

Bei diesen Worten sieht sich Jean-Paul verlegen und zögernd in der Runde um. Dann aber schlägt er alle „Strategie" in den Wind und sagt es frei heraus:

„Dieses Kind bin ich!" – Und jetzt? – steht, nach einem Augenblick der Stille, die körperlich kleine, aber großherzige Anna Hose auf, geht auf ihn zu, umarmt ihn herzlich und sagt, als wäre es das Selbstverständlichste von der Welt: „Ich bin glücklich, noch ein Kind zu haben!" Ihre ungeheuchelte Freude, die den frisch entdeckten „Stiefsohn" geradezu überwältigt, steckt auch alle anderen an und trägt sogleich in „polyglottem“ Fragen und Antworten ernste und erheiternde Früchte. Wobei immer wieder die verblüffende Ähnlichkeit Jean-Pauls mit seinem Vater im Aussehen, in der Mimik und sogar in den Bewegungen hervorgehoben wird.

Nach einer Weile taucht auch noch Annas jüngster Sohn Klaus auf, dem jemand schon draußen vor der Tür eine Andeutung macht, was ihn „da drin erwarte“. Als er das Wohnzimmer mit den Gästen aus Frankreich betritt, ist er „wie vom Schlag gerührt“, denn auch er glaubt seinen Vater in jüngeren Jahren vor sich zu sehen. Daraufhin eilt er, wie er dem Erzähler später berichtet, in die Küche und „genehmigt sich erst einmal zwei Schnäpse“, bevor er zurückkehrt, um sich beherzt mit seinem „neuen Bruder“ bekannt zu machen.

Später am Tag besucht die ganze Familie gemeinsam mit „ihren Franzosen“ den Friedhof, wo Jean-Paul noch einmal tief bewegt zuhört, als Jürgen, der nächst ältere Sohn, am Grab des Vaters sagt: „Walter, jetzt sind alle deine Kinder vereint!“

Danach treffen sie sich bei Klaus und seiner Frau Cornelia im Garten. Dabei versprechen sich alle, nachdem Anna Hose so souverän das Eis gebrochen hat, künftig herzliche Beziehungen zu pflegen. Überglücklich tritt Jean-Paul tags darauf mit Veronique die Heimreise zu den Kindern nach Frankreich an; aber nicht, ohne noch einen dankbaren Abstecher bei Familie Viereck in Bamberg einzuplanen.

Und alle machen ihre Versprechen wahr. Mit dem

besonderen Anreiz, auch die Sprache „der anderen" zu verstehen, besuchen von nun an „les Allemands" die Familie Jean-Pauls in Vannes, erleben die Bretagne, machen Urlaub am Atlantik ... Und „die Franzosen" kommen nach Fulda, fühlen sich wohl in der „Barockstadt" und in der Rhön, sehen zum ersten Mal in ihrem Leben Schnee ... Selbst Anna Hose lässt sich Mut machen, das Abenteuer einer Reise an die bretonische Küste auf sich zu nehmen, um einmal „das große Wasser" zu bestaunen, das bis nach Amerika reicht! Und sich den Ort Pertuischaud zeigen zu lassen, wo „alles seinen Anfang nahm"!

Indes verfällt Jean-Paul, selig in seine neue, große Familie eingetaucht, noch einmal einem unwiderstehlichen Gedanken: Eines Tages, nachdem der heimliche Wunsch über die Scheu gesiegt hat, fragt er Anna, ob sie sich vorstellen könne, ihn zu adoptieren. Erst wenn er auch den Namen seines Vaters trage, werde er am Ziel seiner lebenslangen Sehnsucht angekommen sein. Einst als Kind sei er ungefragt von einer fremden Familie adoptiert worden. Jetzt gehe sein ganzes Bestreben dahin, in der Familie heimisch zu werden, der er sich von Herzen zugehörig fühle. Und was wird Anna ihm antworten? „Warum denn nicht, wenn Du das möchtest und wenn es möglich ist!"

Da es angesichts der entsprechenden Rechtslage kaum möglich erscheint, seinen Plan in Deutschland zu verwirklichen, verfolgt er ihn umso entschiedener in

Frankreich. Aber auch das ist nicht einfach. Als Erstes muss er Simone dazu bewegen, ihm schriftlich zu bestätigen, dass er, Jean-Paul Simon, nicht der leibliche Sohn ihres Ehemanns Mathurin Begaud sei (der sich nachweislich zu jener Zeit weit entfernt in Kriegsgefangenschaft befunden habe!), sondern ihr Kind mit dem deutschen Soldaten Walter Hose, das sie damals notgedrungen habe weggeben müssen, um ihm eine leidlich gesicherte Zukunft zu ermöglichen.

Nachdem es Jean-Paul mit dieser Erklärung gelungen ist, die entsprechenden Hürden der Bürokratie zu überwinden, schafft er es schließlich, beim Landgericht in Vannes seine Adoption durch die deutsche Anna Hose – auch im Namen ihres verstorbenen Mannes Walter Hose – zu legalisieren.

Die glückliche Zufriedenheit, die er von da an empfindet, wird nach einiger Zeit noch einmal überschattet durch die traurige Nachricht vom Tod seiner Mutter Simone. Diese Botschaft trifft ihn besonders hart, weil er erst jetzt von der schon lange in ihr fortschreitenden tödlichen Krankheit erfährt, die sie geschickt vor ihm zu verbergen wusste und sich zugleich bereits vorgenommen hatte, „still davonzugehen, um ihn nicht zu belasten“. Das vertraut sie nur ihrer alten Freundin Georgette an, die als Einzige am Ende bei ihr sein sollte. Und gerade sie berichtet Jean-Paul nun, es sei ihr ganz deutlich so vorgekommen, als habe Simone vor ihrem Tod noch „jemanden“ erwartet! Dieser Gedanke begleitet ihn von da an mit ergreifender Traurigkeit.

Andererseits erfüllt es ihn mit großer Freude und Dankbarkeit, als noch ein letzter besonderer Wunsch für ihn wahr wird, indem er mit Urkunde vom 28. Juli 2009 durch das Bundesverwaltungsamt in Köln zusätzlich auch die deutsche Staatsbürgerschaft erhält.

Sodass er sich – mit einem gewissen Stolz – seitdem „Johann Walter Jean-Paul SIMON-HOSE, Citoyen franco-allemand / Deutsch-französischer Staatsbürger " nennen kann, ein Name, der einen Adeligen niederer Herkunft fast schon neidisch machen könnte.

Ein Feind – ein Mensch

Durch die Berufung an die Deutsche Schule Athen im Sommer 1963 fand ich für sieben Jahre nicht nur eine außergewöhnliche Tätigkeit als Lehrer. Ich fühlte mich auch – wie durch eine aus den Märchen bekannte Glücksfee – in jenes Land versetzt, das mich seit Schülertagen am humanistischen Gymnasium in Fulda als eine verwirrend fremde und zugleich in ihren Bann ziehende Welt berührt hatte. Nicht zuletzt durch den Unterricht unseres Griechischlehrers Aloys Wagner, den wir wegen seiner niederbayrisch-deftigen, aber in ihrem erheiternden Tonfall niemals verletzenden Ausdrücke mit verehrendem Respekt „den Ochs" nannten. Durch originelle Übersetzungen, lebensnahe Erläuterungen und Erzählungen gelang es ihm besonders, uns in die abenteuerliche Mythenwelt Homers und seiner klangvollen Verse zu locken. Und er machte als Erster uns staunen vor den Ideen und den technischen Fähigkeiten der altgriechischen Kunst und Architektur.

Angekommen im Land meiner Träume, fühlte ich mich sogleich herausgefordert, das faszinierende Bild, das ich mir vom altgriechischen „Kosmos" gemacht hatte, durch Nachforschung und Augenschein auch „bewiesen“ zu sehen. Mit Leidenschaft suchte ich nach authentischen Hinterlassenschaften dieser jahrtausendealten Kultur. „Alles“ wollte ich, gelegentlich auch in Gemeinschaft mit anderen Neugierigen, sehen, alles „be-greifen“. Kein Weg, keine Mühe waren mir zu viel, um die bekannten und weniger bekannte Orte aufzusuchen, selbst solche, die den Anschein erweckten, als habe man sie längst vergessen: antike Tempelanlagen, genial in die Landschaft eingebettete Theater und Sportarenen, Freilichtbühnen für Musik und Gesang, erstaunlich durchdachte Heilstätten oder sonstige „Überbleibsel“ von Göttern und Menschen – allerdings auf den erwartungsvollen ersten Blick meistens nur als enttäuschende Ruinen oder klägliche Mauerreste erkennbar, einzig bewohnt von Einsamkeit und Stille und der Wehmut der Vergänglichkeit – und doch umweht von Geheimnissen, die bereit schienen, sich dem verständnisvoll Geduldigen zu offenbaren.

Auch die antiken Steinbrüche im Pentelikon-Gebirge, aus denen die berühmten Baumeister und Bildhauer einst den strahlend weißen Marmor für ihre noch heute bewunderten Werke herausbrechen ließen, waren vor mir nicht sicher. Ebenso wenig wie die halb verschütteten, von Macchia umwucherten engen Eingänge zu den alten Silberminen in Attika, die doch als finanzielle Grundlage den kulturellen Reichtum erst möglich gemacht hatten.

Auf heißen Fährten durchstöberte ich die großen

und kleinen Museen nach „Beweismitteln“ für meine kühnen Ideen, die sich jedoch bei genauerer Einlassung nicht selten als peinliche Selbstüberschätzungen eines fantasievollen Laien herausstellten.

Doch das konnte mich nicht davon abhalten, meinem über so viele Jahre gesammelten Schatz an meistens nur theoretischen Kenntnissen, Thesen, Vermutungen endlich eine überzeugende Grundlage zu verschaffen.

Je weiter sich aber die Kreise meines Entdeckerdranges ausdehnten, auch in kaum erschlossene Gebirgsregionen oder auf entlegene Inseln, desto merklicher schien sich im Laufe der Zeit mein „mit der Seele gesuchtes“ Griechenland ganz sachte wieder mehr in die Vergangenheit zurückzuziehen, um Raum zu geben für die hautnah erlebte Gegenwart. So, dass mich mit der Zeit – auch durch allmähliches Heimisch-Werden in der neugriechischen Sprache – die Begegnung mit einem urwüchsigen Ziegenhirten in einsamer Bergwelt oder die überwältigende Gastfreundschaft armer Menschen in einem gottverlassenen Dorf mehr berührten als die erkundeten Grundmauern „noch eines Tempels“.

Und so begann meine Aufmerksamkeit zu wachsen für die Menschen, unter denen ich lebte, die sozialen Verhältnisse und wirtschaftlichen Probleme des Landes, einschließlich der Frage, ob denn die „neuen“

noch etwas mit den „alten Griechen“ zu tun hätten. Jedenfalls nahmen mich die turbulente Geschichte und die Gestalt des modernen Hellas zunehmend gefangen, darunter der beachtliche Anteil, den Deutsche daran hatten. Leider aber auch die zum Teil barbarische Rolle, die sie im Zweiten Weltkrieg dort gespielt haben.

Während ich also auf der Suche war nach zuverlässigen Quellen, aus denen ich meine Wissbegier stillen könnte, stieß ich eines Tages auf ein Buch, das mich sofort in seinen Bann schlug. Schien es doch eine ganze Reihe der genannten Aspekte glaubwürdig und spannend unter einen Hut gebracht zu haben. Und zwar am scheinbar sehr fern liegenden Beispiel der unzugänglich schroffen, bis in die damalige Zeit urtümlich gebliebenen Landschaft Mani auf dem mittleren „Finger“ der Peloponnes-Halbinsel. Mit einem sich auf die Spartaner zurückführenden Volksstamm, der noch im 20. Jahrhundert durch Blutrache Aufsehen erregte und der seit je von einem unbezähmbaren Freiheitswillen durchdrungen war, den selbst die Türken während ihrer langen Herrschaft über Griechenland nie ganz besiegen konnten.

Das Buch, von dem die Rede ist, stammte aus der Feder Patrick Leigh Fermors, eines Engländers, der als junger Tunichtgut eine geordnete Karriere, auch beim Militär, in den Wind geschlagen hatte. Stattdessen war er auf der Suche nach dem „wirklichen Leben“ 1933 von Holland aus zu Fuß aufgebrochen, hatte distanziert das beginnende Nazi-Deutschland kennengelernt und danach auf abenteuerlichen Wegen halb Europa durchwandert, um schließlich in Konstantinopel und später in Griechenland anzukommen. Dabei sammelte er unvergleichliche Eindrücke, die er später, gestützt auf gründliches Wissen, in spannende, welt- und sprachenkundige Reiseliteratur verwandelte.

Griechenland wurde ihm so sehr zur zweiten Heimat, dass er sich an der Küste der erwähnten Mani ein Haus baute, in das er sich nach seinen Reisen immer wieder zurückzog. „Griechenland ist mein Ort auf Erden“, pflegte er zu sagen. Im Juni 2011 verließ er diesen Ort noch einmal, um seine erste Heimat London zu besuchen. Dort starb er 96-jährig einen Tag nach seiner Ankunft. –

Warum er sich nicht in Kreta niedergelassen habe, wurde er oft gefragt, wo man ihn dort doch sein ganzes Leben lang als Helden verehrt und gefeiert habe. Das sei ja gerade der Grund, hat er stets geantwortet; denn vor lauter Einladungen bei alten Freunden hätte er da niemals die notwendige Muße zum Arbeiten gefunden. – Und weshalb? wird man sich vermutlich fragen. Die Antwort darauf erscheint mir unglaublich genug, um sie im Rahmen dieser Geschichten zu erzählen:

Im Zweiten Weltkrieg stellte sich Fermor als Patriot jetzt doch in den militärischen Dienst seines Landes, und zwar in der Special Operations Executive (SOE), einer geheimen Einheit für besonders wagemutige Einsätze. Mittlerweile im Rang eines Majors, ließ er sich von Brindisi aus mit einem Flugzeug über Kreta absetzen, das von deutschen Luftlandetruppen im Mai 1941 erobert worden war. Dort fand er aufgrund seiner Sprach-, Menschen- und Ortskenntnisse schnell Kontakt zu griechischen Untergrundkämpfern, mit denen er gegen die deutschen Besatzer kämpfte, die auch nach Überzeugung der Kreter ohne jeden triftigen Grund, einzig aus imperialistischem Machtanspruch gegenüber den Engländern, ihre Insel überfallen hätten.

Durch verwegene Aktionen machte sich Fermor bei Eingeweihten bald einen Namen als Held und Freiheitskämpfer für Kreta. Wobei ihm und allen Beteiligten klar war, dass der Partisanenkrieg besonders brutalen Gesetzen folgte. Jede Rücksicht auf menschliche Regungen wurde ausgeblendet oder erstickt. Im Ernstfall galt nur töten oder getötet werden, oder, wie es in der Militärsprache heißt: Pardon wird nicht gegeben!

Unter solchen Bedingungen hatte sich Fermor mit einer kleinen, tollkühnen Schar das Ziel gesetzt, den Oberbefehlshaber der deutschen Truppen auf Kreta in seine Gewalt zu bringen und ihn nach Kairo zu entführen; wo man diesen Handstreich dann der Weltöffentlichkeit bekannt geben und die angebliche Unbesiegbarkeit der Deutschen als überhebliche Propaganda entlarven wollte.

Das Unternehmen richtete sich gegen den auch bei der kretischen Bevölkerung verhassten deutschen General Friedrich-Wilhelm Müller. Der aber wurde unerwartet abberufen. Deshalb nahm Fermor den

Nachfolger, General Heinrich Kreipe, ins Visier, einen menschlich umgänglichen und, wie man beobachten konnte, nicht sonderlich um seine Sicherheit besorgten Mann. Was ihm zum Verhängnis werden sollte; denn es erwies sich für die lauernden Partisanen als nicht sehr schwierig, das Quartier des deutschen Stabes bei Knossos und die genaueren Verhältnisse dort auszuspähen.

Eines Abends war es so weit: Notdürftig verkleidet als deutsche Militärpolizei, gelang es Fermor mit seinem Trupp, das Auto des Generals auf der Heimfahrt von einem Kasinobesuch zu stoppen, wobei der Fahrer, dem die Sache plötzlich verdächtig vorkam, in einem Handgemenge getötet wurde.

Mit dem Wagen der überwältigten und gefesselten „Beute" mussten die Entführer zunächst das von deutschen Soldaten wimmelnde abendliche Iraklion durchqueren, wo Fermor bei einer überraschenden Kontrolle kaltblütig auf Deutsch aus dem Fenster rief: „Habt ihr keine Augen im Kopf? Generalswagen!" – und passieren konnte.

Irgendwo in der Einöde ließ er das Auto stehen, mit einem Brief: „Wenn Sie diesen Wagen finden, meine Herren, ist Ihr kommandierender General als ein ehrenhafter Gefangener auf dem Weg nach Libyen." Und um jeden Verdacht von unschuldigen Zivilisten fernzuhalten, war noch hinzugefügt, dass bei der kühnen Aktion ausschließlich englische und griechische Soldaten beteiligt gewesen seien.

Von da an begann eine beispiellose Flucht. Ständig auf der Hut vor den Deutschen, die alles daransetzten, ihren Oberbefehlshaber ausfindig zu machen und zu befreien, quälten sich die Flüchtigen wochenlang quer über das kretische Gebirge. Auf steilen Ziegenpfaden ging es durch die wilde Macchia, über Geröllhalden, tauende Eis- und Schneeflächen, reißende Bäche und schaurige Schluchten, alles mit einem Gefangenen, der nicht mehr der Jüngste war und den sie oft mehr mitschleifen mussten, als dass er noch hätte laufen können. Dabei legten sie den Großteil des Weges, um nicht von deutschen Aufklärungsfliegern entdeckt zu werden, bei Nacht zurück. An vorher ausgeklügelten Plätzen suchten sie die karge Verpflegung, die von Hirten dort deponiert worden war, mit Felsbrocken leidlich geschützt vor Geiern und Schakalen. Für den General wurde diese Gewalttour von Tag zu Tag beschwerlicher und zehrte an seinen letzten Kräften.

Und da, an einem frühen Mai-Morgen, hoch oben in den Bergen, ereignet sich das „Unglaubliche". Während Heinrich Kreipe vor Erschöpfung um eine Rast bittet und dabei den schneebedeckten, 2456 Meter hohen Gipfel des Ida in der aufgehenden Sonne leuchten sieht, spricht er, ein Offizier alter Schule und von klassischer Bildung, halblaut die ersten Verse einer Ode des römischen Dichters Horaz vor sich hin, in der es um die Vertreibung des Winters geht. Und als der deutsche General versonnen innehält, setzt überraschend der englische Major an derselben Stelle ein und zitiert weiter im lateinischen Text! – Nach einer Weile erstaunten Schweigens sagt Wilhelm Kreipe: „Ach so, Herr Major!"

In diesem Moment, so berichtet Fermor später, hätten sie wohl beide in sich gespürt, dass es, jenseits von Krieg, Hass und Feindschaft, noch eine Welt gab, die ihnen gemeinsam war, die Welt des humanistischen Geistes. „Er war nach wie vor mein Gefangener... Aber von diesem Moment an war unser Verhältnis freundlich. Wir hatten aus derselben Quelle getrunken."

Es gelang Fermor tatsächlich, mit seinem prominenten Gefangenen die Südküste Kretas zu erreichen. Dort wurde General Kreipe von einem englischen Spezialboot bei Nacht und Nebel abgeholt und, wie geplant, zunächst nach Kairo übergesetzt. Von da aus brachte man ihn als Kriegsgefangenen nach England und zuletzt nach Kanada, wo er 1947 freikam.

Mit dem Oberbefehl auf Kreta aber wurde – nach dem für die Deutschen blamablen Entführungs-Coup – erneut der berüchtigte General Müller beauftragt, der jetzt noch rücksichtsloser auf Unterwerfung und Rache sann, besonders unter der Zivilbevölkerung. Durch wahllos-exemplarische Zerstörung ganzer Dörfer und Massenerschießungen machte er grausam von sich reden. Dafür wurde er nach dem Krieg vor einem griechischen Gericht angeklagt, zum Tode verurteilt und hingerichtet.

Patrick Fermor und Wilhelm Kreipe dagegen trafen sich viele Jahre nach Kriegsende noch einmal in Griechenland zu einem versöhnlichen Wiedersehen. Ein Zeichen auch dafür, dass die europäischen Völker, anstatt sich in mörderischen Kriegen zu bekämpfen oder gar vernichten zu wollen, endlich auf dem Weg waren zu gegenseitigem Verständnis und Miteinander.

Der Krieg und der Gast

Da mich das Erzählen nach Kreta geführt hat, will ich dort noch ein wenig verharren, um von einer weiteren kaum zu glaubenden Begebenheit zu berichten. Und auch dabei wird die Rede auf jenen unbegreiflich barbarischen Zustand kommen, in den sich die Menschen seit Urzeiten immer wieder hineinsteigern können, diesen blinden Gruppen- oder Massenwahn, in dem sie geradezu begierig darauf zu sein scheinen, ihre abgründigen Machtinstinkte auszutoben: im Zerstören, Morden, Rauben, Schänden, Demütigen, Versklaven ...; ich meine den Krieg.

Umso befreiender vermögen Menschen auf uns zu wirken, die zeigen, dass im oft so erschreckenden „Homo sapiens" auch eine andere, lichtere, wahrhaft mit-menschliche Seite angelegt ist: in Menschen, die den Wahnsinn des Krieges mit innerer Freiheit und Größe in ihrem Denken und Handeln nicht zulassen, ihm mit bewundernswertem Mut sogar widerstehen, selbst unter Einsatz des Lebens.

Oft sind es „einfache Menschen" mit Vernunft und Herz! Und ihre Namen sind selten in den Geschichtsbüchern vermerkt.

Von einem solchen Menschen, einer alten Frau,

wird unter anderem im Verlauf dieser Erzählung die Rede sein.

Als ich 1958 während meiner ersten, längeren Griechenlandreise auch Kreta besucht habe – jene wunderbare Insel, die man mit ihrer viertausend Jahre zurückliegenden ersten Hochkultur die Wiege Europas nennt – konnte es auf den ersten Blick so scheinen, als sei dort die Welt irgendwann in längst vergangenen Zeiten stehen geblieben. Bei genauerem Hinsehen jedoch tat sich mir recht bald noch eine andere, sehr aktuelle, wenn auch mehr hintergründige Wirklichkeit auf.

Wie uns die Ereignisse um Fermor und Kreipe bereits vor Augen geführt haben, waren es vor allem die Deutschen, die im Zweiten Weltkrieg dem Land tiefe Wunden geschlagen hatten, Wunden, die in den wenigen Jahren seit Kriegsende unmöglich schon verheilt sein konnten. Allenfalls schienen sie sich scheu zu verbergen hinter einem Schleier stummer Traurigkeit und der Mühsal, das tägliche Leben zu bestehen.

Je mehr mir das bewusst wurde, desto stärker beschlichen mich Zweifel, wie diese Menschen mir wohl begegnen würden, wenn sie erführen, woher ich kam. Zwar hatte ich von der besonderen Gastfreundschaft der Kreter gelesen, die ihnen seit alters heilig sei. Auch wusste ich, dass im Griechischen das Wort Xénos gleichermaßen den Fremden wie den Gast meint. Dennoch versuchte ich zunächst, meine deutsche Herkunft möglichst nicht zu erwähnen. Aber das stellte sich schnell als Illusion heraus; zumal ich mit meinem eifrig angeeigneten „Pidgin-Griechisch" darauf aus war, Begegnungen mit den Menschen zu suchen.

Also kam es meistens doch schnell heraus, dass ich Deutscher war, ein Germanós. Dabei merkte ich, wie meinen Gesprächspartnern beim üblichen Begrüßungsritual, mit kaum zu verbergender Spannung in den Mienen, etwas wichtig zu sein schien, nämlich die Frage nach meinem Alter. Zunächst nur etwas verwundert, kam ich schnell hinter den Grund: Sobald ich nämlich wahrheitsgemäß geantwortet hatte, meinte ich fast zu spüren, wie hinter den Stirnen meiner Gegenüber eine einfache Rechenaufgabe ablief: K a n n er? – Nein, dóxa tó theó! (Gott sei Dank!), er kann n i c h t dabei gewesen sein!

Sogleich strahlte eine Art erlöste Freundlichkeit, ja Herzlichkeit aus ihren Gesichtern. Und alsbald fand ich mich, selbst von ärmsten Menschen, in ihr Spíti (ihr Häuschen) eingeladen und mit allem bedacht, was man einem Gast anbieten konnte. Von solcher Großherzigkeit tief berührt, fühlte ich mich in einer bisher unbekannten Weise beschenkt – und zugleich beschämt.

Als ich aber eines Abends bei einem alten Kreter, der hervorragend deutsch sprach und der mich zu sich eingeladen hatte, meine bewegenden Erfahrungen etwas verlegen und umständlich zur Sprache bringen wollte, winkte er mit majestätischer Geste ab, sah mich mit hochgezogenen Augenbrauen einen Augenblick lang an, um dann ebenso selbstverständlich wie selbstbewusst zu sagen: „Vergiss nicht, mein Freund, du bist in Kreta!"

Und dann erzählte er mir eine Geschichte, für die er sich verbürgen könne, weil er die Zeiten ja selber miterlebt habe, als damals die deutschen „Luftsoldaten" auf Kreta gelandet seien, mit furchtbaren Verlusten auf beiden Seiten. Denn die Griechen, unterstützt von Engländern, und besonders die Kreter selbst, hätten verbissen gekämpft, um ihre Heimat zu verteidigen, die sie grundlos überfallen sahen. Entsprechend unerbittlich seien die Deutschen vorgegangen bei ihrem Unternehmen, die Insel auf Biegen oder Brechen zu erobern und vor allem die englischen Schutztruppen zu besiegen oder wenigstens zu vertreiben.

Hierbei wollte man unter allen Umständen verhindern, dass gegnerische Soldaten, die durch entsprechende Einsätze der Fallschirmjäger „übersprungen" worden waren, womöglich im Rücken der Front weiterkämpfen könnten, indem sie durch die Zivilbevölkerung heimlich auf sichere Wege geleitet, mit Lebensmitteln versorgt oder versteckt würden. Deshalb erließ man scharfe Dekrete und verkündete unmissverständliche Warnungen, dass auch die geringste Hilfeleistung gnadenlos bestraft werde, und zwar durch „Erschießen auf der Stelle"! Und um keine Zweifel aufkommen zu lassen, sondern Angst und Schrecken zu verbreiten, zögerte man keinen Augenblick, die Drohungen auch wahr zu machen. Wobei es – wie schon in der vorigen Geschichte erwähnt – mit fortschreitender Brutalität immer häufiger zu Geiselerschießungen, schließlich zu Zerstörungen ganzer Dörfer und wahllosen Massenhinrichtungen kam.

Gleich in den ersten Kriegswochen wurde beim erbitterten Kampf in der Nähe eines Bergdorfs ein englischer Soldat so schwer verwundet, dass er halbtot zwischen dichten Stecheichen- und Macchiasträuchern liegen blieb, aber noch irgendwie mitbekam, wie das Krachen der Granaten aus den mobilen Haubitzen, das bellende Rattern der Maschinen- und Sturmgewehre, die tödlichen Explosionen von Handgranaten ganz in seiner Nähe, das Schreien, Fluchen, Stöhnen, Töten an ihm vorbei- und über ihn hinwegtobte, bis es sich langsam immer weiter entfernte und er es fast schon für ein nicht endendes Inferno im Jenseits hielt, wenn er ab und zu aus dem Dämmer der Ohnmacht aufschreckte.

Seine Einheit hatte sich im Verlauf des Gefechts zurückziehen oder flüchten müssen, um der völligen Vernichtung zu entgehen. Er aber lag da, sah seine Wunden oder spürte sie, auch am Kopf und im Gesicht, konnte Arme und Hände nur mühsam bewegen. Vor allem aber wurde ihm nach der ersten schockartigen Betäubung klar, dass er einen Durchschuss im linken

Oberschenkel abbekommen hatte und viel Blut verlor. Instinktiv gelang es ihm, sein Notverbands-Päckchen und daraus eine Schnur hervorzukramen, die er mit einem Stück Zweig oberhalb der Wunde so fest um den Schenkel zusammendrehte, dass die Blutung weitgehend zum Stillstand kam. Ein- und Ausschussstelle suchte er mit einem Stück Gaze zu bedecken und mit einer Mullbinde notdürftig zu umwickeln.

In diesem Zustand, und nachdem er seiner Feldflasche noch einen jämmerlichen Schluck Wasser abgerungen hatte, suchte er bei Anbruch der Dunkelheit die letzten Kräfte in sich wachzurufen, kroch und schleppte sich an den Rand des nahen Dörfchens, das nach dem grausigen Kampfgeschehen so still dalag, als sei es vor Schreck erstarrt oder von allem Lebendigen verlassen worden.

Vor dem ersten Haus, das er, halb bewusstlos, gerade noch erreichte, war er mit seiner Kraft zu Ende. Wie ein krankes Tier kauerte er sich, vor Schmerzen zusammengekrümmt und stöhnend, auf die steilen Eingangsstufen und hoffte, sich durch leises Klopfen oder Scharren bemerkbar zu machen.

Nach mehreren verzweifelten Bemühungen öffnete sich endlich, ganz langsam, die Tür, und im Halbdunkel des Eingangs stand, mit einer Öllampe in der Hand, eine alte Frau, schrak mit einem halb unterdrückten Laut zusammen, als sie den fremden, verwundeten Soldaten vor sich liegen sah, bekreuzigte sich mehrmals und leuchtete ihm mit ihrer Lampe ins blutverkrustete Gesicht und in seine flehenden Augen. – Schließlich stellte sie mit einer entschlossen Bewegung die Lampe auf den Fußboden, umfasste die ausgestreckten Arme des Schwerverletzten und zog ihn mit Mühe so behutsam wie möglich hinein in ihr ärmliches Häuschen, in dem sie ganz allein lebte.

Von hier an wollen wir nicht weiter auf alle Einzelheiten der Erzählung meines kretischen Gastgebers eingehen: Wie die alte Frau ihrem plötzlich vom Abgrund der Hölle aufgetauchten „Gast" ein Krankenlager richtete; mit Kräutern der Natur und den Weisheiten der Hirten über Wochen und Monate seinen Wunden zu Leibe rückte, bis sie endlich verheilt waren. Wie sie unter Schwierigkeiten und Gefahren für Nahrung sorgte, während sie selber unter der allgemeinen Not zu leiden hatte. Wie sie unendlich geduldig und tröstend mit ihm sprach, obwohl er lange Zeit kein einziges Wort verstand. Wie es ihr vor allem gelang, das womöglich tödliche Geheimnis, außer vor ein paar engen Vertrauten, klug und mutig zu hüten. Denn was sie zu erwarten hatte, wenn es herauskäme, das brauchte ihr niemand zu erklären.

So verging mehr als ein halbes Jahr. – Dann stand eines Nachmittags ihr Schützling, der sie inzwischen seine „Jajá", seine Großmutter, nannte, mit der gepackten Tasche vor ihr und rang stockend nach Worten: Er könne nicht länger die Sorge mit sich herumtragen, dass sie am Ende doch noch entdeckt werde und seinetwegen sterben müsse. Als Soldat habe er gelernt, Gefahren ins Auge zu sehen. In der einfachen Hirtenkleidung, die sie ihm inzwischen Stück um Stück beschafft oder angefertigt habe, mit der genauen Karte, die er noch besitze, und mit dem Griechisch, das sie ihm so liebevoll beigebracht habe, werde er sich schon irgendwie durchzuschlagen wissen.

Obwohl es ihr sehr schwerfiel, ihn fortgehen zu lassen, wollte sie seinem Plan nicht im Wege stehen. Sie werde aber jeden Tag zur Panajía (der Mutter Gottes) und zum Erzengel Raphael, dem Beschützer der Reisenden, beten, dass der schreckliche Krieg ein Ende nehme und er zu seiner Mána (seiner Mutter) heimkehren könne.

Als die Abenddämmerung begann, entließ sie ihn mit Tränen und Küssen, und indem sie ihm noch ein Kreuz auf die Stirne machte, hinaus in den Schutz der Nacht, die ihn ehedem zu ihr geführt hatte.

An dieser Stelle hielt der alte Kreter mit dem Erzählen inne. Als ich ihm aber zu verstehen geben wollte, wie sehr ich von seiner Geschichte beeindruckt sei, hob er leicht die Hand und sagte: „Sie ist noch nicht zu Ende, meine Geschichte; denn es gibt in ihr eine weitere Person, die eine ungewöhnliche, oder sollte ich sagen bewundernswerte Rolle spielt. Wobei es besonders bemerkenswert erscheint, dass sie in diesem Drama auf der ‚anderen Seite' stand."

Einige Zeit nämlich, nachdem der junge Engländer sich heimlich auf seine ungewisse Reise begeben hatte, fuhr eines Morgens am Häuschen der alten Frau plötzlich ein deutscher Geländewagen vor, dem rasch ein Offizier mit seinem Dolmetscher und drei weitere Soldaten entstiegen, die, das Gewehr im Anschlag, auf die Haustür zuschritten. Irgendein Denunziant, der trotz aller Vorsicht der beherzten Greisin Wind von der Sache bekommen hatte und sich von den Deutschen einen geheimen Verräter-Lohn versprach, hatte ihnen den Wink gegeben, dass sich in besagtem Häuschen ein Engländer versteckt halte.

Bevor noch einer der Soldaten mit dem Gewehrkolben gegen die Tür stoßen konnte, öffnete sich diese wie von selbst, und in ihren tiefschwarzen Kleidern erschien mit gefasster Miene die „Hausherrin", beinahe, als habe sie diesen Augenblick seit Langem erwartet. Und als ihr der Hauptmann jetzt kurz und bündig übersetzen ließ, man wisse, dass sie einen englischen Soldaten beherberge, antwortete sie in ruhigem Ton: „Da ihr die halbe Wahrheit zu wissen scheint, wäre es dumm von mir zu leugnen. Aber wenn ihr die ganze Wahrheit wissen wollt, dann folgt mir in mein Haus!" Da der Offizier in ihrem Wesen nichts Hinterhältiges entdecken konnte, ließ er sich zusammen mit dem Übersetzer auf ihre Bitte ein, während er die anderen Soldaten als Wache draußen zurückließ. Drinnen zeigte ihm die alte Frau das Lager, auf dem sie wochenlang einen jungen Engländer, der als Todgeweihter vor ihrer Tür gelegen, so lange gepflegt habe, bis er sich vor einiger Zeit auf den gefährlichen Weg gemacht habe, seine Heimat und seine Mutter wiederzusehen.

Als der Hauptmann ihr jetzt, mit ungutem Gefühl, aber militärisch-pflichtgemäß, die Frage stellte, ob sie nicht wisse, dass er sie erschießen lassen müsse, da schaute sie ihn mit ihren gütigen Augen an und antwortete langsam: „Das weiß ich wohl, mein Junge. Aber bedenke, wenn sich das Schicksal eines Tages wenden sollte, sodass man e u c h aus unserem Land vertreiben würde, und d u lägest verwundet und verlassen vor meiner Tür, dann würde ich auch d i c h aufnehmen!"

Da nahm der Offizier, als sei er jäh aus einem nur Sekunden dauernden Tagtraum erwacht, Haltung an, legte die Hand zum Gruß an die Mütze und verließ mit dem Dolmetscher, dem er vertrauen konnte, wortlos das Häuschen. Draußen rief er den Soldaten zu: „Fehlalarm! Aufsitzen!" – Und sie fuhren davon.

Ein vitaler Toter

In den 1960er Jahren, während meiner Zeit in Griechenland, erhielt ich eines Tages unerwartete Post aus „Germanía“.

Der Absender, Dr. Werner Sunkel, Hasenmühle bei Tann, Kreis Fulda, Westdeutschland, kam in dem Brief gleich zur Sache: Er habe durch einen Bekannten erfahren, dass ich Lehrer an der deutschen Schule in Athen sei. Deshalb habe er die Bitte, ihm das beste neugriechisch-deutsche Lexikon zu empfehlen. Er sei nämlich dabei, mit griechischen Ornithologen volkssprachlich einleuchtende und zugleich wissenschaftlich solide Benennungen zu finden, an denen es für die äußerst interessante mediterrane Vogelwelt Griechenlands noch Ergänzungsbedarf gebe. Dazu muss man wissen, dass Dr. Sunkel zu den Pionieren der wissenschaftlichen Vogelkunde – nicht zuletzt auch für die Rhön und Osthessen – gehörte. Dr. Otto Jost hat ihn in seinem empfehlenswerten Buch „Bezaubernde Welt der Vögel“ erlebnisnah geschildert und gewürdigt.

In einem Anhang zu seinem Brief wurde der Verfasser überraschend persönlich, indem er fragte, ob ich vielleicht derselbe Walter Heller sei, der 1943 (also vor

25 Jahren!) am Gymnasium in Fulda sein Schüler gewesen sei. Wenn ja, dann sei ich vermutlich auch der Sextaner, den er damals mit Groll in eine Untersekunda „abkommandiert“ habe, damit er diesen „ahnungslosen Pimpfen“ (gemeint waren die Hitlerjungen!) helfe, eine einfache Rechenaufgabe zu lösen.

Das Gedächtnis dieses Mannes machte mich sprachlos, denn nach einigem Überlegen befand auch ich mich mit meiner Erinnerung wieder in jener höchst peinlichen Situation: Ich, ein „Kleckser“, wie damals am Gymnasium die älteren Schüler im herablassenden Tonfall der Hackordnung uns Erstklässler zu nennen pflegten, wurde eines trüben Schultags wie aus heiterem Himmel durch Dr. Sunkel ahnungslos in eine Untersekunda zitiert, um unter seinem gestrengen Auge den „Dösköppen mal zu zeigen, wie man's macht!“ – sozusagen in der Rolle eines kleinen Besserwissers.

Rückblickend sah ich noch einmal, wie ich, verunsichert durch das spöttisch-mitleidige Grinsen der „Großen“, zaghaft ihren Klassenraum betrat und mir, nach der Aufforderung durch den gespannt zusehenden Lehrer, an der Tafel mit der dort gestellten Aufgabe zu schaffen machte.

Einzig dem Umstand, dass ich mich dabei auch verhedderte, hatte ich es wohl zu verdanken, dass ich in den Augen der Älteren von da an nicht als hoffnungsloser Klugscheißer galt.

Im Übrigen war dieses spektakuläre Intermezzo, wenn ich es richtig bedenke, wohl für immer das letzte

Mal, dass ich in Sachen Rechnen oder Mathematik – positiv! – ins Gerede gekommen wäre!

Dr. Werner Sunkel war ein außergewöhnlicher Mensch. In seinen nicht mehr gerade jungen Jahren noch immer von drahtiger Gestalt und kraftvollem Gang, zeichnete er sich in meiner Erinnerung zugleich durch einen ungemein kritisch-wachen, manchmal auch ironisch-sarkastischen Geist aus, der sich überall auszukennen schien. Seine Allgemeinbildung galt, auch nach damaligen Kriterien, als erstaunlich. Von den Lehrfächern her Mathematiker und Naturwissenschaftler, war er „nebenbei" auf dem Gebiet der Theologie oder in den sogenannten humanistischen Sprachen Griechisch und Latein so firm, dass es hieß, er könne sich ohne Mühe lateinisch unterhalten. Das mochte, wie es bei herausragenden Köpfen nicht selten der Fall war, auch mit seiner Herkunft aus einem bildungsbewussten evangelischen Pfarrhaus zu tun haben.

Auf Äußerlichkeiten, etwa auf eine standesbewusste Kleidung als Studienrat oder auf anspruchsvolle Ernährung, legte er offensichtlich keinen Wert. So konnte es geschehen, dass er zu Beginn des Biologieunterrichts, seiner besonderen Leidenschaft, an den Experimentiertisch trat, aus der einen Tasche seiner derben Wolljacke einen toten Vogel oder eine Haselmaus herauskramte, die er als Demonstrationsobjekte mitgebracht hatte, und zugleich aus der anderen Tasche sein spartanisches Frühstück zutage förderte. Gelegentlich war ihm auch, ohne dass ihn das besonders berührt hätte, beides durcheinander geraten. Wir Schüler nahmen das belustigt oder auch mit heimlichem Gruseln zur Kenntnis, unter anderem als beredtes Zeichen seines kauzigen Junggesellendaseins.

Einen gewissen Schauder konnte bei der ersten Begegnung mit ihm auch der Anblick seines Gesichtes hervorrufen. Die rechte Stirn- und Schläfenseite war zu einem von Narben durchfurchten Krater eingedrückt, aus dem, fast etwas unheimlich, ein Glasauge herausstarrte.

Unter uns war bekannt – was „wissen" Schüler nicht alles über ihre Lehrer –, dass dieses erschreckende „Gezeichnetsein" von einer schweren Kopfverletzung herrührte, die er im ersten Weltkrieg erlitten hatte. Wobei wir uns insgeheim fragten, wie ein Mensch mit solchen Wunden hatte überleben können. Und wenn er gelegentlich cholerisch in Zorn geriet und man dabei auch vor einer seiner gefürchteten Ohrfeigen nicht sicher war, dann kamen wir – mehr oder weniger großzügig – zuletzt überein: „Das kommt halt auch von seinem Kopf!"

Aus manchen seiner Bemerkungen konnten wir leicht heraushören, dass er nicht gerade ein Freund der Frauen war. Und diejenigen, die sich, meist hinter vorgehaltener Hand, ihr angebliches „Mehr-Wissen" nur zu gern, und genüsslich zögernd, entlocken ließen, munkelten auch warum: Unter dem Schock beim Anblick der furchtbaren Entstellung habe sich seine Braut damals für immer von ihm abgewandt! So etwas war natürlich Stoff für jugendliche Fantasie! Was an der Sache wirklich dran war, wusste in Wahrheit keiner von uns. Deshalb schwankten, wenn aus gegebenem Anlass wieder einmal die Rede darauf kam, unsere Reaktionen immer zwischen „männlicher" Solidarität mit ihm und zaghaftem Verständnis für sie.

Einmal allerdings wurde einigen von uns – und zwar durch ihn selbst – ein wirklicher Einblick in das erschütternde Schicksal dieses Mannes zuteil, ein Erlebnis, das vermutlich in der Erinnerung aller Beteiligten haften geblieben ist.

Es war im Vorbereitungsraum des Biologiesaals, als einem Mitschüler ein besonderes, wahrscheinlich auch teueres Präparat, das er in den Unterrichtsraum tragen sollte, aus Leichtsinn oder Tapsigkeit entglitt und auf den Boden krachte. Einen Augenblick lang stand Dr. Sunkel wie versteinert da. Dann aber, nach einer Serie wütender Ohrfeigen für den Unglücksraben, brach ein urgewaltiges Donnerwetter über uns alle herein, auf dessen Höhepunkt er mit ebenso scharfer wie unergründlicher Stimme rief: „Ihr solltet mal begreifen, dass ihr einen Toten vor euch habt!" – Plötzlich griff er in die Innentasche seines Jacketts, zog eine Brieftasche hervor und aus derselben ein gefaltetes Blatt Papier, das er ruck, zuck öffnete und so hinhielt, dass es jeder von uns sehen konnte. Schnell wurde uns klar: Es war seine eigene Todesanzeige!

Ratloses Schweigen. – Verdattert und stumm starrten wir eine Weile auf ihn und auf das, was er uns da vor die Nase hielt.

Schließlich, während das emotionale Gewitter, das wieder einmal jäh in ihn gefahren war, sich beinahe ebenso rasch verzog, und er unsere fragenden Mienen auf sich gerichtet sah, schien er nicht umhinzukönnen, uns zu nachträglichen Mitwissern eines kaum zu glaubenden Dramas zu machen:

Damals, im sogenannten Stellungskrieg vor Verdun – mit dem beinahe unaufhörlichen Trommelfeuer der neuartigen schweren Geschütze auf beiden Seiten und den grauenhaft-mörderischen Nahkämpfen, durch die sich die Frontlinien aber immer nur um ein paar hundert Meter hin und her verschoben, – lag er halb verschüttet mit seiner „tödlichen" Kopfverletzung zwei Tage und zwei Nächte, meistens bewusstlos, in einem der unzähligen Granattrichter auf dem schaurigen Schlachtfeld.

Dort hatten ihn seine Kameraden, die ihn „ohne jeden Zweifel" für tot hielten, liegen lassen, als sie einer Übermacht anstürmender Franzosen weichen mussten.

Der Führung ihrer militärischen Einheit meldeten die Davongekommenen pflichtgemäß den Tod ihres Kameraden Sunkel, woraufhin die entsprechende

Nachricht durch ein Schreiben des zuständigen Offiziers den Angehörigen in der Heimat zuging. (Vermutlich unter Verwendung der üblichen patriotischen Floskeln: „in treuer Pflichterfüllung" / „ gefallen auf dem Felde der Ehre" / „für Kaiser, Volk und Vaterland"... So ähnlich jedenfalls, wie es nach meiner verschwommenen Erinnerung – unter dem Namen des „Gefallenen" – auch auf der Todesanzeige stand, die die Familie wohl alsbald hatte drucken lassen.)

Inzwischen hatten in seinem Granattrichter auch französische Soldaten für kürzere oder längere Atempausen mehrmals Schutz gesucht, ohne – in der Abgestumpftheit der Frontkämpfer – den „Toten" näher zu beachten; es sei denn, dass sie seine Taschen nach Resten von Verpflegung abtasteten.

Einmal bekam er das in einem Schimmer von Wachheit gerade so mit, war aber zu keinerlei Reaktion fähig. Vielleicht zu seinem Glück, weil das „Menschlichste", das man in seinem Zustand von einem „Feind" erwarten konnte, wahrscheinlich der „erlösende Gnadenschuss" gewesen wäre.

Irgendwann – es war, wie er später in Erfahrung brachte, wohl am dritten Tag seines unbegreiflichen Überlebens – meinte er in einem abermaligen Aufflackern des Bewusstseins vertraute Töne zu hören. Tatsächlich waren es die Stimmen von zwei deutschen Soldaten, die bei einem der wechselnden Angriffe jetzt ihrerseits in die feindlichen Reihen vorstoßen sollten und just in diesem Granattrichter für einen Augenblick Deckung suchten.

Mit letzter Willenskraft gelang es dem für tot Gehaltenen, eine Hand zu heben und ein paar Laute von sich zu geben. Die beiden, darüber beinahe selbst zu Tode erschrocken, gehörten ausgerechnet zu den wenigen seiner alten Einheit, die das entsetzliche Morden bis dahin überlebt hatten.

Erschüttert gruben sie mit blanken Händen den Kameraden frei, um ihn dann, im Kugel- und Granatenhagel, mühsam zurück hinter die eigentliche Kampflinie zu schleppen. Dort übergaben sie ihn mit eindringlichen Hinweisen und der beschwörenden Bitte, ihn zu retten, an zwei Sanitäter, die es unter Gott weiß was für Umständen schafften, dass er in ein Lazarett gelangte.

Aber auch da konnte man sein bitteres Los nicht einfach wegzaubern; auch nicht durch mehrere Operationen, die man unter den gegebenen Bedingungen jedes Mal als „extrem kompliziert und riskant“ einstufen musste. Der Tod stand also weiterhin neben ihm, bis er schließlich vor dem unnachgiebigen Lebenswillen dieses Patienten klein beigab.

Mit der gleichen Zähigkeit kämpfte sich der „Schwerbeschädigte“ nach dem Krieg – in jedem Spiegel seine deprimierende Behinderung „vor Augen“ und dazu oft von höllischen Kopfschmerzen heimgesucht – durch ein Studium, eine Promotion und zwei Staatsexamina zur Ausübung des erstrebten Lehrerberufs, in dessen Verlauf schließlich auch ich diesem ungewöhnlichen Menschen begegnen sollte.

Und was das erwähnte Verhältnis zu den Frauen betrifft, so hat ihm das Schicksal, das ihn wahrlich nicht verwöhnt hatte, zumindest darin und wenn auch spät, doch noch einen freundlichen Blick zugeworfen:

Etwa seit seiner Pensionierung lernte er in der Tanner Gemeindeschwester Marianne Rauch eine Frau kennen, die sich verständnisvoll auf ihn einließ und auch in seinem fortgeschrittenen Alter noch eine glückliche Ehe mit ihm führte.

Wobei Marianne Sunkel, nachdem sie ihren Beruf aufgegeben hatte, sich zunehmend von der vogelkundlichen Passion ihres Mannes anstecken und zur Mitarbeit begeistern ließ. Sodass sie, sogar über seinen Tod hinaus, die wissenschaftlichen Methoden, die er entwickelt und die vielfältigen Beziehungen, die er bis nach Moskau und selbst nach Australien geknüpft hatte, in souveräner Weise fortführte und pflegte.

Vermisst

Als ich in den 1990er Jahren mein Buch „Findlinge" schrieb, einen Erzählband, in dem die Welt meiner Kindheit und frühen Jugend in der „alten" Rhön noch einmal an mir vorüberzog, waren es vor allem Begegnungen mit ungewöhnlichen Menschen, sogenannten „Originalen", die unvergessliche Eindrücke in mir hinterlassen hatten.

Dabei ergab es sich nicht von ungefähr, dass ich mehrmals auch auf meinen Onkel Richard zu sprechen kam. Er war der jüngste von fünf Brüdern meines Vaters, lebte noch auf unserem Hof, war ganz in die Familie mit einbezogen und arbeitete nach althergebrachter Weise als das, was man einen „Knecht" nannte.

Mit ihm und mir hatte es darüber hinaus eine besondere Bewandtnis. Er war nämlich mein Patenonkel – „minn Paädder" –, wodurch wir auf ganz eigene, heute würde man womöglich sagen „spirituelle" Weise verbunden waren.

Offensichtlich hatte er mich als kleinen Knirps in sein Herz geschlossen, eine Erfahrung, die mir in meiner Erinnerung durch andere nicht gerade überschwänglich zuteil wurde. Was meine Brüder wiederum, zu provozierender Übertreibung neigend, gerne mit meinem ungewöhnlichen „Eigensinn“ – „objektiv“ müsste man wohl sagen: meiner früh gereiften Individualität! – in Verbindung brachten.

Aber wie auch immer, fest steht, dass ich zu meinem Patenonkel Richard, von gelegentlichen kleineren Trübungen abgesehen, ein unbegrenztes Vertrauen entwickelte. Mag sein, dass er, (noch) nicht verheiratet, mir gegenüber so etwas wie Vatergefühle empfand. Jedenfalls konnte ich mir, wenn es darauf ankam, seiner Hilfe und seines besonderen Schutzes sicher sein, was sich nicht zuletzt dann als bitter nötig erwies, wenn ich in hand-greiflichen Streitigkeiten mit Größeren oder Stärkeren die strategischen Kräfteverhältnisse wieder einmal bedenklich falsch eingeschätzt hatte und schmählich den Kürzeren zu ziehen drohte. In solchen „historischen Augenblicken“ seines überlegenen Eingreifens zu meinen Gunsten machte mein Selbstbewusstsein markante Fortschritte – zumindest bis zur nächsten heiklen Bewährungsprobe.

Im Übrigen hatte mein Patenonkel – wie ich es auch in „Findlinge“ erwähnt habe – schon in einem meiner ersten Lebensjahre einen unverwechselbaren Kosenamen für mich erfunden, ein sprachlich emotionaler Aufwand, wie er in der rauen Rhön wahrlich nicht in Mode war. Er nannte mich „míí Beaänzee“, eine Wortschöpfung, die sich jeder etymologischen Ableitung oder Deutung hartnäckig entzieht, dafür aber auf der Rhöner Zunge wie von selbst zergeht.

Der mörderische Zweite Weltkrieg – womit wir ein Mal mehr im fatalen Rahmen so mancher der hier erzählten Geschichten wären – riss auch meinen Onkel Richard gnadenlos aus dem selbstverständlichen Rhythmus seines bäuerlichen Lebens heraus. Von heute auf morgen musste er, wie man zu sagen pflegte: „bei di Saldoade“ (zu den Soldaten). Dabei waren gerade ihm alles Militärische und die kriegsbesessene „Hitler-Religion“, so seine Worte, in tiefster Seele zuwider. Das äußerte er – auch angesichts der damaligen Verhältnisse – ziemlich offen, vor allem seit seinem ersten Urlaub als Soldat an der sogenannten „Ostfront“, bei dem er, kaum zu Hause angekommen, die Uniform zugunsten seiner altgewohnten „Manschessder-Hoos“ (einer robusten Cordhose) und des blauen Arbeitskittels wenig ehrenvoll im Schrank seiner alten Schlafkammer verschwinden ließ.

Vor dem, was er – dann doch meistens vertraulich – meinem Vater von grauenhaften Erlebnissen und Vorgängen in Russland berichtete, wollte er mich offensichtlich verschonen, obwohl meine Ohren bei solchen Gelegenheiten besonders groß wurden. So erinnere ich mich, weil es mir durch Mark und Bein ging, noch heute genau an eine seiner halblauten Äußerungen: „Baänn sich doss olles, boss mir Düttsche in Russland oorichde, emoa sölld raäch, doa gedd's ons draägged!“ (Wenn sich das alles, was wir Deutsche in Russland anrichten, einmal rächen sollte, dann ergeht's uns dreckig!)

Auch während seines unsteten und gefahrvollen Soldatendaseins (bei einer „motorisierten Einheit", die oft mehr im russischen Schlamm feststeckte als voranzukommen), hat er mich nie vergessen. Wenn es ihm irgend möglich war, schrieb er mir kurz gefasste Briefe, die ich, wie ich hoffte zu seiner Freude, immer gewissenhaft beantwortet habe. Mehrmals hat er sogar seine Rationen Schokolade, die er als „Frontkämpfer" gelegentlich zugeteilt bekam, angesammelt und an mich geschickt, eine Delikatesse, die es in der Heimat so gut wie nicht mehr gab.

Bei seinem letzten Urlaub, bevor er wieder in die Hölle des Krieges zurückkehren musste, machte er, der in meiner Erinnerung sein Leben stets unverdrossen und zuversichtlich auf sich genommen hatte, einen veränderten Eindruck. Zum Ende wurde er immer wortkarger. Und der Abschied schien ihm dieses Mal besonders schwerzufallen. Es war, als wollte er den Aufbruch mit seinem Feldgepäck am Rücken um jede mögliche Minute hinausschieben. Schließlich gab er auch mir etwas zögernd die Hand und sagte nur: „Mach's guud, mii Beaänzee!" – Es lag lange zurück, seit er mich zuletzt mit diesem Namen angeredet hatte. Immerhin war ich inzwischen zwölf Jahre alt geworden. Und zum ersten Mal, soweit ich zurückdenken konnte, bemerkte ich, dass er Tränen in den Augen hatte. Das fiel auch meiner Mutter auf, und sie war sich sicher, dass ein so schwerer Abschied nichts Gutes bedeute.

Anfang November 1944 erhielten wir, gerichtet an seinen Vater Augustin Heller, meinen Großvater, ein offizielles Schreiben seines letzten Kompanieführers, dass der Gefreite Richard Heller am 23. August 1944 „bei planmäßigen Absetzbewegungen“ (sprich fluchtartigem Rückzug!) über die Pruth (in Rumänien) zum letzten Mal gesehen worden sei. Der Brief schloss mit den üblichen Trost-Floskeln, dass der Vermisste „bei seinen Kameraden sehr beliebt war, sich durch Pflichtbewusstsein die Achtung seiner Vorgesetzten erworben“ habe und dass man seinen Verlust „auf das Tiefste“ bedauere. Die Kompanie werde sich „weiter bemühen, etwas Näheres über den Verbleib Ihres Sohnes zu erfahren“.

In Wirklichkeit hatten sich die deutschen Truppen, zum Teil in Panik, immer weiter zurückziehen müssen, sodass an Nachforschungen über Vermisste vonseiten der Kompanie nicht mehr im Entferntesten zu denken war.

Also galt der Soldat Richard Heller seitdem offiziell als „vermisst“. Ich jedoch habe ihn nicht als Teil einer militärischen Einheit, sondern als einen vertrauten Menschen vermisst. Hundert Mal habe ich mir in den folgenden Wochen und Monaten ausgedacht, wie er überlebt haben und wo er sich vielleicht befinden könnte. Immer wieder habe ich den Atlas „studiert“, und noch heute kann ich beinahe blind zeigen, wo die Pruth in die Donau mündet. –

Die Zeit verging, und mit ihr zogen sich nach und nach auch viele meiner frühen Erlebnisse und Erfahrungen zurück in die flüchtige Welt der Erinnerungen, in der bekanntlich alte Bilder ständig von neuen überlagert, oft auch für immer zugedeckt werden. Dennoch: Meinen Patenonkel Richard habe ich nie vergessen.

Ist es da nicht mehr als ein seltsamer Zufall, dass mich zwei Tage nachdem ich die Zeilen über ihn für das geplante „Findlinge"-Buch abgefasst hatte, mein Bruder August vom alten Bauernhof unserer Familie in der Rhön aus anrief, vorgestern sei vom „Suchdienst des Deutschen Roten Kreuzes München" eine überraschende Nachricht gekommen über den Verbleib unseres im Zweiten Weltkrieg „vermissten" Onkels Richard Heller.

Sogleich machte ich mich auf, um diese Mitteilung in Augenschein zu nehmen. Mit deutscher Verlässlichkeit war sie adressiert an Augustin Heller, den inzwischen seit dreiundfünfzig Jahren verstorbenen Vater des Gesuchten.

Kurz und sachlich hieß es in dem Schreiben, dass der Suchdienst des Deutschen Roten Kreuzes „aus [jetzt zugänglichen] Archivbeständen der Gemeinschaft Unabhängiger Staaten (GUS) Meldungen mit den Namen deutscher Kriegsgefangener erhalten hat, die auf dem Gebiet der früheren Sowjetunion verstorben sind. In diesen Unterlagen ist auch Ihr Angehöriger Richard Heller aufgeführt, der im Gebiet von Baschkirien/3 in Kriegsgefangenschaft war und dort am 18. 11. 1944 verstorben ist. / Angaben zur Todesursache und der Grablage können wir nicht machen." – Mit anderen Worten: Er, der den Krieg verwünscht hatte, wurde von ihm, mit Millionen anderen, ohne Gnade dahingerafft und verschlungen. Obwohl von Natur aus robust und ehedem kerngesund, wird er vermutlich, halb verhungert und durch Arbeitsfron geschwächt, jämmerlich zugrunde gegangen und irgendwo im exotisch fernen Baschkirien verscharrt worden sein.

Ich aber bin ihm, selbst nach Jahren, noch in Träumen begegnet, dabei immer der festen Überzeugung, endlich sei er heimgekehrt. Und dieses Mal sei es ganz gewiss nicht wieder nur eine traurige Täuschung.

Rufe aus der Nacht

Reinhold Heller, der älteste von uns fünf Brüdern (von denen jeder „eine Schwester" hatte), war, obwohl von eher grazilem Körperbau, äußerst zäh und sportlich. Intelligent und aufgeschlossen gegenüber allem Neuen und Außergewöhnlichen hatte er sich, für einen Bauernjungen nicht gerade üblich, von frühester Jugend an durch ganze Stapel von Karl May-Bänden und anderen Abenteuerbüchern hindurchgelesen.

Entsprechend ließ er sich – anders als noch mein geschilderter Patenonkel Richard – als umworbenes Glied einer „neuen, die Welt verändernden Generation" auch beeindrucken, ja begeistern von der damals rasch um sich greifenden, schließlich allgegenwärtigen Nazi-Ideologie: mit ihrer Parole „Jugend muss durch Jugend geführt werden", ihrer Zeltlager-Romantik und den vormilitärischen „Geländespielen", mit all den kriegerisch-heldischen Idealen und Idolen, ihren pompösen Aufmärschen und strammen Ritualen, mit dem deutschen Überlegenheitswahn gegenüber angeblich feindlich gesinnten oder minderwertigen Völkern oder Rassen ...

Auch die anspornende Beförderungs-Skala innerhalb der „Führer"-Struktur der „Hitlerjugend" mag ihren

Reiz an dieser neuen Welt für ihn gehabt haben, einer Welt, die vieles versprach und alles verlangte, vor allem blinden Gehorsam und bedingungsloses Funktionieren, nur kein kritisches Denken oder gar daraus abgeleitetes eigenständiges Handeln. (Nicht von ungefähr hörte man vonseiten der „Befehlenden" gegenüber denen, die gehorchen mussten, häufig den ebenso dämlichen wie überheblichen Ausspruch: „Das Denken überlasst gefälligst den Pferden; die haben einen größeren Kopf als ihr!")

Angesichts der übermächtigen, schein-idealistischen Einflüsse durch das NS-Regime blieben bei meinem Bruder auch die von Besonnenheit und Lebenserfahrung geleiteten Ansichten und Warnungen unseres Vaters von begrenzter Wirkung.

Eine für ihn besonders üble, um nicht zu sagen verhängnisvolle Rolle spielte ein gewisser Hans Kruhm, der es, in meiner Erinnerung als Mitglied der Waffen-SS und ausgezeichnet mit dem „Deutschen Kreuz in Gold", nach einer überstandenen Verwundung irgendwie erreichte, dass er nicht wieder zurück an die Front musste, indem er sich mit der „vordringlichen" Aufgabe der „nationalsozialistischen Erziehung" des „Jungvolks" und der „Hitlerjugend" im „Bann Fulda" (der übergeordneten Organisation der Hitlerjugend in Stadt und Kreis) unentbehrlich zu machen verstand; einer Selbstverpflichtung, die er auf fanatische Weise zu rechtfertigen suchte; unter anderem auch als besonderer Betreuer einer „Gefolgschaft" (einer Untergliederung der „Hitlerjugend"), zu der mein Bruder Reinhold gehörte. Dabei setzte dieser „berufene" Jugendführer alles daran, die Heranwachsenden, wie er sich ausdrückte, zu „einwandfreien HJ-Angehörigen zu formen" und außerdem dafür zu sorgen, dass sie auch bereits eine „einwandfreie Zugehörigkeit zur Partei" (der NSDAP) vorweisen könnten, wenn sie in absehbarer Zeit zu den Soldaten eingezogen würden.

Für eine Parteimitgliedschaft bedurfte es bei noch nicht Volljährigen allerdings der schriftlichen Einwilligung des Erziehungsberechtigten. Was der Vater, auch gegen die Absicht seines Sohnes, ohne zu zögern ablehnte. Worauf er von Hans Kruhm einen wütenden Brief erhielt, der in dem Satz gipfelte: „Ich werde mich Ihrer zu gegebener Zeit zu erinnern wissen. Heil Hitler!" – eine Botschaft, ausgesprochen von einem fanatischen SS-Mann, die in der damaligen Zeit alles andere als einen ruhigen Schlaf verbürgte.

Immerhin schaffte es besagter Hans Kruhm, seinen „einwandfreien Hitlerjungen" selbst in den fortgeschrittenen Kriegsjahren noch immer eine gewisse Begeisterung oder zumindest eine „eiserne Entschlossenheit" zur Teilnahme am „siegreichen Schicksalskampf des deutschen Volkes" einzuimpfen, und zwar mit seiner verblüffenden Logik: „Wie werden siegen, weil wir siegen müssen!"

Jedenfalls schienen meinen Bruder, weil er bei der ersten Musterung für den Kriegsdienst – wegen seiner gerade mal 50 Kilo Körpergewicht! – „zurückgestellt“ wurde, Minderwertigkeitsgefühle zu bedrängen: Wie würde er beim „Endsieg“ dastehen, wenn seine Alterskameraden auf ihre Verdienste, auf Auszeichnungen oder Verwundungen „für Führer, Volk und Vaterland“ hinweisen könnten, und er hätte keinen Anteil daran. Vielleicht würde er gar als Feigling oder „Drückeberger“ gelten?

Bei der zweiten Musterung, im Herbst 1944, war die Kriegssituation für die Deutschen inzwischen so katastrophal, dass man jetzt keinerlei Rücksichten mehr zu nehmen pflegte, vielmehr so gut wie jeden für „kriegstauglich“ erklärte.

Also wurde Reinhold Heller, weil er auch von sich aus keine Einwände vorbrachte, zur militärischen Ausbildung als „Panzergrenadier“ in eine Kaserne bei Siegen einberufen. Dort war man offensichtlich bestrebt, die Rekruten sogleich durch knochenharten Drill (unter anderem durch 40 km-Märsche mit Gepäck) und ständigen Hunger(!) auf den harten Alltag eines Soldaten im Krieg vorzubereiten. Und zwar im Eiltempo, denn bereits nach fünf Wochen wurde der Achtzehnjährige, ohne einen einzigen Tag Heimaturlaub, direkt an die Front nach Italien geschickt.

Von da an begann der unersättliche Krake Krieg seine Arme auch nach ihm auszustrecken und ihn unentrinnbar immer enger zu umschlingen – bis zum grausamen Ende.

Was uns, die Angehörigen, dabei besonders erschütterte: In den fünf verbleibenden Monaten seines jungen Lebens hat er nicht ein einziges Mal Post von zu Hause erhalten. Alle unsere Briefe und Päcken sind nie bei ihm angekommen!

Mit Blick auf diesen Vorgang kam mir – nachträglich, weil ich irgendwann so etwas gehört oder gelesen hatte – der kaum fassbare Gedanke, man habe in solchen „Jungen" ganz bewusst zunächst das Heimweh zu ersticken und allmählich alle Bande zu ihrem bisherigen Leben zu kappen versucht, um sie schließlich, fatalistisch ergeben, zu allem „verwenden" zu können.

Oder wie anders soll man sich erklären, dass mein Bruder in fast allen seinen Briefen, die u n s – anscheinend ohne besondere Probleme(!) – erreichten, immer wieder und immer verzweifelter bittet, ja geradezu fleht, ihm doch endlich einmal zu schreiben. „Habt Ihr mich denn schon vergessen?", steht da zum Beispiel. Oder: „Lebt Ihr denn nicht mehr?" Oder: „Ich werde noch verrückt, wenn ich von Euch nichts höre!" – Bis es in seinem letzten Brief heißt: „So muss ich wohl annehmen, dass Ihr mich vergessen habt!" –

So etwas lesen zu müssen, war nicht nur damals für uns, vor allem für die Mutter, herzzerreißend; es macht mich auch nach fast siebzig Jahren noch immer traurig und zugleich wütend.

Im Übrigen geht, wenn auch vorsichtig zwischen den Zeilen, aus diesen Briefen immer deutlicher hervor, dass die ideologisch verlogenen Phrasen eines

Hans Kruhm – von der „höchsten Ehre, Soldat zu sein“ und den „unübertrefflichen Erlebnissen beim Einsatz des Lebens gegen den Feind, die aus einem vorbildlichen Hitlerjungen erst einen wirklichen Helden machen“ – wie ein Kartenhaus in sich zusammenstürzen.

Besonders anrührend ist es, zu verfolgen, wie der Sohn jetzt immer verständnisvoller und vertrauter den „erfahrenen“ Vater anspricht, etwa wenn er, hilflos verdrängend, das entsetzliche Gemetzel eines Nahkampfs erwähnt. Woraus man ersehen kann, dass zwischen den beiden, jenseits der jugendlichen Verirrungen, doch eine tiefere Bindung bestand. Schließlich konnte es dem Sohn nicht verborgen geblieben sein, dass der Vater zu ihm als dem „Ältesten“ und selbstverständlichen Hoferben „trotz allem“ stets ein besonderes Verhältnis gesucht hatte.

Ein Brief, geschrieben während einer kurzen Lazarett-Zeit in Migliaro (bei Ravenna) – mit der erwähnten Resignation, weil er von uns nichts höre – und dem Absender: Panzergrenadier Reinhold Heller, Feldpostnr. 42386 C, sowie ein weiterer, trotz allem aufmunternder Brief in Sachen Schule an seinen jüngsten Bruder Bernhard (vom 28. 3. 1945) sind die letzten Lebenszeichen, die wir von ihm erhalten haben.

Mitte April, als sich der grauenhafte Krieg seinem Ende zuneigte, wurde mein Vater eines Nachts plötzlich wach und weckte die Mutter: „Hossdes nedd gehoedd? De Reinhold hodd geroffe!“ (Hast du's nicht gehört? Der Reinhold hat gerufen!) Als er jedoch zur Haustür eilte, war da niemand, nur die dunkle Nacht und eine unheimliche Stille.

Innerlich aufgewühlt, kehrte er ins Haus zurück, behielt aber die düstere Ahnung, die in ihm aufkam, für sich. Doch gerade weil er ein realistischer und sehr besonnener Mann war, wollte er diesen Vorgang nicht für einen bloßen Traum halten. Deshalb vermerkte er auf einem Zettel genau Datum und Uhrzeit des Ereignisses.

Der Krieg ging zu Ende, und in seinem chaotischen Nachhall hörten wir lange nichts von „unserem Reinhold“, sodass er, ähnlich wie sein Onkel Richard, zunächst als „vermisst“ galt. Bis der Vater, der nichts unversucht ließ, schließlich im Hünfelder Land einen ehemaligen „Landser“ ausfindig machte, der in den letzten Kriegswochen – „irgendwo bei Bologna“ – zur selben Einheit gehört hatte wie der Verschollene.

Nach der ziemlich genauen Erinnerung des Befragten sei Mitte April (also etwa zwei Wochen vor Kriegsende!) der Grenadier Heller, der neben einigen anderen als hervorragender Schütze bekannt war, wiederholt an exponierte Vorposten befohlen worden, um von dort aus, leidlich getarnt, mit speziellem Gewehr und entsprechenden Explosivgeschossen in die Ketten angreifender Panzer zu schießen, um sie „lahmzulegen“.

Durch eine in seiner Nähe einschlagende Panzergranate sei er aber eines Nachmittags schwer verwundet worden und habe über Stunden um Hilfe gerufen. Bei Anbruch der Dunkelheit hätten sich drei Mann freiwillig gemeldet, um den beliebten Kameraden zu retten. Aber „der Ami“ habe das irgendwie „spitzbekommen“ und eine weitere Granate dorthin abgefeuert. – Am nächsten Morgen hätten Kameraden, ehe sie sich vor den anrollenden amerikanischen Panzern zurückziehen mussten, mit einem guten Feldstecher nur noch feststellen können, dass alle vier tot waren.

Auf die Frage, ob er sich irgendwie an den Zeitpunkt des Ereignisses erinnern könne, war sich der ehemalige Soldat überraschend sicher. Das wisse er deshalb noch genau, weil er am übernächsten Tag in amerikanische Gefangenschaft geraten sei. Tief bewegt nahm der Vater das Datum zur Kenntnis: Es war die Nacht im April, die er sich notiert hatte!

Rot unterstrichen

Warum ich im Verlauf meiner unglaublichen Geschichten auf einen Politiker zu sprechen komme? Nein, es handelt sich nicht um eine weitere „Story“ aus der Reihe investigativer Nachforschungen, in denen scharfäugige Journalisten aus finsteren Abgründen oft erschreckende Vorgänge ans Licht bringen. Oder gar um eine jener kaltschnäuzig erfundenen „Enthüllungen“, mit denen, nicht weniger erschreckend, die Meute skrupelloser Reporter ihr sensationssüchtig gemachtes Publikum entsprechend bei Laune zu halten sucht.

Dr. Wolfgang Hamberger, von dem die Rede sein soll, war von 1970 an über einen Zeitraum von achtundzwanzig Jahren Oberbürgermeister von Fulda. Eine ungewöhnliche Karriere als Kommunalpolitiker, die ihm Zeit gab und die er nutzte, um mit unermüdlichem Engagement und erstaunlicher physischer Energie, mit Sachverstand und herausragender Redebegabung „seine Stadt“ nicht nur zu repräsentieren, sondern auf mancherlei Weise auch zu prägen. Wobei er nach meiner Wahrnehmung Charakter und Klugheit besaß, den erwähnten finsteren Abgründen oder verfänglich schillernden Quellen stets in wohltuend weitem Bogen aus dem Wege zu gehen.

Über das hinaus, was an erfreulichen Aufgaben, aber auch an hundert unterschiedlichen Problemen, Sorgen und Querelen zum überquellenden Arbeitspensum eines Oberbürgermeisters gehören dürfte, entschloss sich Wolfgang Hamberger während seiner Amtszeit zu zwei Entscheidungen, die mich besonders beeindruckt und auch „berührt" haben.

1987 unternahm er es, die inzwischen über die weite Welt verstreuten ehemaligen jüdischen Mitbürger Fuldas zu einem Besuch ihrer einstigen Heimat einzuladen. Jene Menschen also, die nicht nur die üblichen Vorurteile, beflissenes Misstrauen und schmerzende Diskriminierung erfahren hatten, sondern auch die ebenso aberwitzige wie bösartige NS-Ideologie mit ihrer nahezu unentrinnbaren Hetzjagd über sich ergehen lassen mussten oder gar das Grauen des Holocaust irgendwie überlebt hatten.

Es war eine Idee, die ich nicht nur lobenswert, sondern auch mutig fand. Mutig, weil in privatem, aber auch öffentlichem Bewusstsein noch immer Schwaden jener giftigen Wolke waberten, die zwölf Jahre lang, jede Humanität erstickend, sich über unserem Land ausgebreitet hatte. Und weil nicht wenige, die sich inzwischen ihrer Leistungen „beim Aufbau eines neuen, demokratischen Deutschlands" beredt zu rühmen wussten, jäh in bleiernes Schweigen verfielen, wenn die Rede auf ihre Rolle kam, die sie beim verhängnisvollen Untergang des ersten demokratisch verfassten Deutschlands gespielt hatten.

Mutig war die Initiative Hambergers aber auch deshalb, weil er ja keineswegs sicher sein konnte, wie die Angesprochenen selbst auf seine Einladung reagieren würden. Hätte man es ihnen verdenken können, wenn sie, wie viele deutsche Juden nach dem Zweiten Weltkrieg, nichts mehr zu tun haben wollten mit diesem Land, in dem man sich offensichtlich verschworen hatte, sie in einem perversen „Volkshygiene"-Wahn als „Schädlinge" regelrecht auszurotten? Wie viel unsagbare Enttäuschung, Angst, Entsetzen und Verzweiflung und wie viel Verachtung, Wut und Hass mochte sich in ihnen über jene Jahre angestaut haben? – Und nun eine solche Einladung?

Es dürfte nicht zuletzt für die Art der Einladung sprechen, wenn ihr dennoch von etwa dreihundert Angesprochenen knapp zweihundert (!) folgten. Und es spricht für den Verlauf des Treffens, wenn es, trotz einiger kleinkarierter Streitigkeiten im Vorfeld, zu einem lange nachwirkenden Erlebnis für viele Beteiligte wurde.

Zwei Gründe hätten, nach längerem Zweifeln, für sie den Ausschlag gegeben, noch einmal in ihre alte Heimatstadt zurückzukehren, bekannte mir im Verlauf unseres langen, bewegenden Gesprächs eine Achtzigjährige, die den weiten Weg von Australien nach Fulda auf sich genommen hatte: die heimliche Hoffnung, wenigstens für ein paar Stunden „noch einmal einen Hauch ihrer Kindheit zu spüren", wie sie sich in bewundernswertem Deutsch ausdrückte, und um einen Eindruck zu gewinnen, ob die Deutschen „anders geworden" seien.

Sie hatte im weißen Saal der Orangerie an einem der gedeckten Tische bei Kaffee und Kuchen Platz genommen; gemeinsam mit ihrer Schwester, die aus Amerika gekommen war und die sie viele Jahre nicht gesehen hatte, dazu mit einer Jugendfreundin aus Fuldaer Tagen. Wolfgang Hamberger hatte als Repräsentant Fuldas die jüdischen Gäste im Rahmen ihres Besuchsprogramms zu erhofften Begegnungen mit Bürgerinnen und Bürgern der Stadt hierher eingeladen.

Nie werde ich die fragenden Blicke vergessen, die auf uns gerichtet waren, als meine Frau und ich zurückhaltend auf den Tisch mit den drei Damen zugingen und fragten, ob wir uns auf den zwei freien Plätzen ein wenig zu ihnen setzen dürften.

Nach freundlich-holprigen „Fingerübungen" auf Englisch – aber nach dem Wunsch der Gäste bald auf Deutsch! – befanden wir uns schnell in einer anregenden Unterhaltung. Besonders als sich herausstellte, dass die Achtzigjährige als Lehrerin sozusagen Berufskollegin von uns gewesen war. So brauchten wir nicht lange, bis wir mitten drin waren im Fachsimpeln über Schulwesen, Kinder, Jugendliche, Eltern, Erziehung ..., nicht zuletzt über die heutzutage schnelllebigen Vorstellungen von dem, was man „Bildung" zu nennen pflege.

Dabei kamen die drei wie von selbst auf ihre Schulzeit in Fulda zu sprechen, wodurch unser Gespräch – ganz im Sinne des Treffens – an Gewicht und Bedeutung gewann.

Mit einer, wie ich es empfand, bewegten Mischung aus noch immer nachklingender kindlicher Freude am Lernen und dem Stolz im Erreichen hochgesteckter Ziele, aber zugleich mit der Wehmut allzu oft erfahrener bitterer Enttäuschungen betonten die drei unter anderem jene unbegreifbare Ausweglosigkeit, in der sie sich oft schon als Kinder befunden hätten. Stets sei ihnen von den Eltern eingeschärft worden: „Ihr müsst in der Schule bei den Besten sein, sonst habt ihr keine Aussichten auf einen anerkannten Beruf und einen geachteten Platz in der bürgerlichen Gesellschaft. Vielmehr werden euch die anderen als ‚typische Juden' bezeichnen, die nur als Viehhändler oder zum Schachern mit Geld taugen." Hätten sie sich aber nach dem Willen der Eltern angestrengt, um bei den Besten zu sein, dann habe es hinter vorgehaltener Hand und zunehmend auch offen geheißen: „Schaut euch diese Juden an. Überall müssen sie sich vor- und hineindrängen!"

So nahm unser Gespräch über jüdisches Leben und jüdische Befindlichkeiten im einstigen Fulda einen lebendigen Fortgang. Wissbegierige, ehrliche Fragen von unserer Seite ermunterten die drei zu immer offeneren, manchmal wie befreit wirkenden Antworten mit anschaulichen Beschreibungen der damaligen Verhältnisse. – Bis hin zur noch immer erschütternden Schilderung der schrecklichen Tage und Stunden lähmender Gewissheit vor dem gnadenlosen Abtransport hinein in die Waggons und in die Finsternis des Auf-sie-Zukommenden. Und dennoch vergaß eine von ihnen nicht hervorzuheben, dass in dieser grausamen Not, als sie sich aus Angst vor aggressiven Anpöbelungen nicht mehr auf die Straße oder gar in ein Geschäft getraut hätten, eine wahrhaft christlich gesinnte deutsche Nachbarin ihrer Familie mehrmals zu Nachtzeiten Essen gebracht habe.

Irgendwann im Verlauf der Unterhaltung machte die Achtzigjährige überraschend ein Zeichen zum Innehalten und sagte zögernd in die gespannte Aufmerksamkeit: „Eigentlich wollte ich es ja für mich behalten; aber weil wir uns so gut verstehen, muss ich's jetzt doch loswerden!" Ob wir bemerkt hätten, wie unsicher, ja, ängstlich sie uns angeschaut habe, als wir uns ihrem Tisch näherten? Es sei ihr unmöglich gewesen, den furchtbaren Gedanken zu verdrängen, der plötzlich in sie gefahren sei: „Könnten die zwei dabei gewesen sein?" Das hieß, bei denen, die ihnen damals so bitteres Unrecht zugefügt hatten.

Obwohl wir sie guten Gewissens beruhigen konnten, löste das Trauma dieser alten Frau ein verstörendes Grausen und traurige Scham in mir aus. Und ich erinnerte mich an mein ähnliches Erlebnis viele Jahre zuvor in Kreta! –

Um auch in dieser Erzählung vom Schildern des Außergewöhnlichen noch zum Unglaublichen zu kommen, sei mir ein kurzer Umweg gestattet, indem ich auf Wolfgang Hamberger zurückkomme. Und zwar auf die bereits angekündigte zweite Entscheidung, die er als Fuldaer Oberbürgermeister, jenseits des Üblichen, traf.

1993 fasste er einen Entschluss, den er mit seiner aus jungen Jahren herrührenden, ansteckenden Begeisterung für die Welt der Bücher und in Sorge um die bedrohte Kultur des Lesens alsbald verwirklichen wollte: die Einrichtung regelmäßiger Lesereihen mit namhaften Autorinnen und Autoren unter dem Titel „Literatur im Stadtschloss".

Obwohl nicht wenige – darunter, ich muss es gestehen: auch ich – eine lange Zukunft des Experiments bezweifelten, schaffte es der Initiator, dieses sein Lieblingskind nicht nur in die Welt zu setzen, sondern es unermüdlich zu umsorgen und mit organisatorischer Beharrlichkeit in ein vitales, vielfältige Spuren hinterlassendes Leben hineinwachsen zu lassen.

Mit einhundertzwanzig Autoren, verteilt auf fünfundzwanzig Vortragsreihen in zwanzig Jahren (und mit 350 Zuhörern im Durchschnitt!), ist die Veranstaltung zu einem Ereignis geworden, das seinesgleichen in Deutschland nicht so leicht finden dürfte und das beinahe wie selbstverständlich zum kulturellen Leben der Stadt Fulda gehört. Kaum eine Schriftstellerin oder ein Schriftsteller von aktuellem Rang aus dem deutschen Sprachraum, die nicht in Fulda gelesen hätten. Und dank der vorzüglichen Gastfreundschaft, die Wolfgang Hamberger seinen literarischen Gästen stets angedeihen ließ, verbunden mit dem einmaligen Ambiente am Ort der Lesung, scheint sich „Literatur im Stadtschloss" mittlerweile auch unter Autorinnen und Autoren als ein bekanntes und geschätztes Markenzeichen herumgesprochen zu haben. –

Am 11. Juni 2013 las Ursula Krechel in Fulda aus ihrem Roman mit dem doppeldeutigen Titel „Landgericht", für den sie unter anderem mit dem Deutschen Buchpreis ausgezeichnet worden war. Es geht darin um die dokumentarisch unterlegte Geschichte eines deutsch-jüdischen Richters, der zu Beginn der NS-Zeit „rassisch bedingt" aus dem Berliner Justizdienst ausgeschlossen wird. Unter tragischen Umständen – seine deutsche Frau bleibt zurück, die beiden Kinder können als „Halbjuden" gerade noch nach England vermittelt werden – gelingt ihm die Flucht nach Kuba, wo er unter traurigen Bedingungen die deprimierende Zeit des Zweiten Weltkriegs überlebt.

Danach kehrt er mit idealistischen Zielen nach Deutschland zurück, um als überzeugter Demokrat und Richter beim Aufbau eines besseren und freieren Deutschlands mitzuwirken.

Aber sehr bald wird ihm ernüchternd klar, dass nicht nur seine Ehe und seine Familie zerbrochen sind. Er muss auch erfahren, wie er abermals als „Fremder" und noch immer unwillkommener Jude angesehen wird. Sogar die Wiedererlangung der deutschen Staatsbürgerschaft, die ihm, ohne dass er überhaupt davon erfahren hat, durch die Nazis auf infame Weise entzogen wurde, erweist sich keineswegs als selbstverständlich. Und seine Richter-„Kollegen“ zeigen sich wenig hilfreich, ihm die ersehnte Rückkehr in den Beruf zu erleichtern.

Als besonders enttäuschend und entlarvend erlebt er das Verhalten der deutschen Familie, in deren Haus im zerbombten Mainz ihm die Behörden einen Raum im Dachgeschoss als „Wohnung“ zugewiesen haben. Dabei rechnen es sich die Vermieter als großzügiges Entgegenkommen an, dass sie ihm in dem öden Zimmer (mit Schrank, Bett und Stuhl) für seine häusliche Aktenarbeit „auch noch“ einen morschen Tisch überlassen. Im Übrigen verkneifen sich „die guten Leute“ keine Gelegenheit, ihre Mitleid erheischenden Klagelieder über das, „was s i e durchmachen mussten: Krieg, Luftschutzkeller, Fliegerangriffe, pfeifende Granaten, Plünderungen ...“ mit dem vorwurfsvollen Hinweis zu verbinden, wie weit er doch von alledem weg gewesen sei und wie gut er es demnach im Ausland gehabt habe! Nicht ein einziges Mal wollen sie ernstlich etwas über sein Schicksal erfahren. Gegenüber solcher Manie des Verdrängens und der Unfähigkeit einer Anteilnahme bleibt ihm nur, sich ins Schweigen zurückzuziehen.

Am Ende von Ursula Krechels ebenso sachlich nüchterner wie suggestiv sprachmächtiger Darstellung der Welt ihres Romans, die unter den Zuhörerinnen und Zuhörern offensichtlich eine gedrückte Stimmung hinterlassen hatte, wollte Wolfgang Hamberger die Anwesenden vermutlich nicht entlassen, ohne ihnen wenigstens eine kleine, tröstliche Anmerkung mit auf den Weg zu geben.

In dieser Absicht erzählte er eine Episode, in der es um die überraschende Begegnung zweier Männer geht; ein scheinbar alltägliches Ereignis, das es aber „in sich hatte" und das mich auch deshalb in seinen Bann zog, weil ich es als einen wohltuenden Lichtblick empfand zu den teilweise beklemmenden Erfahrungen, von denen mir die drei jüdischen Frauen aus ihrer Schulzeit berichtet hatten.

Dr. Herbert Naftali Sonn, der Sohn des letzten Lehrers der Jüdischen Schule in Fulda, der im Gegensatz zu seinem Vater die für Juden tödliche Zeit mit viel Glück überlebt hatte, kehrte nach Krieg und Nazi-Terror mehrfach in seine Geburtsstadt zurück, um an Ort und Stelle die Mühe auf sich zu nehmen, nach der totalen Katastrophe vielleicht doch noch jüdisches Erbe aufzufinden und zu sichern, ehe es endgültig zu spät sein würde. Daraus entwickelte sich im Laufe der Zeit ein Forschungsprogramm mit beachtlichen Ergebnissen, die er entsprechend historiografisch festhielt.

In den neunzehnhundertsiebziger Jahren besucht er mehrmals auch Wolfgang Hamberger – inzwischen Oberbürgermeister von Fulda – in dessen Haus in der Eduard-Goebel-Straße. Ausgehend von diesem Straßennamen, erzählt er eines Tages sein Erlebnis mit einem Professor Goebel, der während seiner Schulzeit am Gymnasium in Fulda sein Lehrer gewesen sei: einem etwas eigenbrötlerischen, aber sehr kompetenten und geachteten Pädagogen, dessen unbestrittene Autorität nicht zuletzt auf seinem freundlichen Verhältnis zu den Schülern beruht habe. Bezeichnenderweise sei ihm auch bei der mehr und mehr um sich greifenden antisemitischen Hetze niemals ein ironisches oder gar verächtliches Wort gegen Juden über die Lippen gekommen, obwohl es in der Klasse eine ganze Reihe jüdischer Schüler gegeben habe, bis sie von einem auf den anderen Tag durch die Nazi-Machthaber von der Schule verwiesen und in ihr trostloses Schicksal gestoßen wurden.

Während der erwähnten Nachforschungen in Fulda, so erzählt Dr. Sonn weiter, sei er eines Nachmittags in der Landesbibliothek auf einen alten Mann aufmerksam geworden, der sich in einer Ecke in ein Buch vertieft hatte.

Zu seiner großen Überraschung glaubt er in ihm seinen alten Lehrer wiederzuerkennen. Um sicher zu gehen, erkundigt er sich unauffällig auch noch bei der Aufsichtsperson nach dem Namen des Lesers. Daraufhin geht er, bestärkt in seiner Vermutung, auf den alten Herrn zu, stellt sich mit seinem Namen vor und fragt ihn, ob er Professor Goebel sei. Erstaunt bejaht der Angesprochene die Frage und wird jetzt seinerseits neugierig: „Wie war noch mal Ihr Name?“ „Sonn! – ehemals Ihr Schüler in Fulda, jetzt Tel Aviv.“

Da fährt der Alte mit einem Ruck hoch, und fragend wiederholt er: „Sonn? – Herbert Sonn? Das ist schwer zu glauben!“ Einen Augenblick lang schaut er den Jüngeren an, als müsse er scharf nachdenken. Aber dann schlägt er das Buch, in dem er gelesen hat, zu und sagt: „Dies ist für mich eine große Freude und ein Grund, zum ersten Mal in meinem Leben ein Kaffee-Haus aufzusuchen! Ich lade Sie ein, damit Sie mir dort von Ihrem Schicksalsweg berichten!“

Erfreut machen sich die beiden sogleich auf den Weg, wobei der Alte, wie es sich für einen zerstreuten Professor geziemt, nach einer Weile bemerkt, dass er vor Aufregung Hut und Mantel in der Bibliothek hat hängen lassen. Also kehren sie noch einmal um. Und während sie sich danach erneut stadteinwärts begeben, kommt dem Professor ein Gedanke: „Ich hoffe, Sie werden nichts dagegen haben, wenn wir zunächst einen kleinen Umweg zu meiner bescheidenen Wohnung machen. Ich möchte Ihnen etwas zeigen.“

Dort angekommen, kramt er aus einem Karton einen Stoß vergilbter Notenbücher hervor und beginnt darin zu blättern. Auf einmal hält er inne und weist seinen ehemaligen Schüler auf das hin, was er offenbar gesucht und gefunden hat. Gerührt liest Herbert Sonn in diesem kleinen Dokument aus vergangener Zeit seinen Namen und dahinter eine Reihe durchaus vorzeigbarer Noten. Schließlich fällt ihm auf, dass nicht nur der seine, sondern auch weitere Namen von Mitschülern deutlich rot unterstrichen sind.

Auf seine zögerliche Frage nach dem Grund bekommt er von dem sichtlich bewegten alten Professor die Erklärung: „Wenn Sie genauer hinschauen, werden Sie es erkennen: Es sind die Namen Ihrer jüdischen Klassenkameraden, alles begabte und anständige junge Menschen!

Damals, als sie plötzlich verschwunden waren und ich mir auszumalen begann, was diesen meinen vertrauten Schülern bevorstehen könnte, habe ich ihre Namen rot unterstrichen, damit ich es nicht vergäße, täglich für sie zu beten. Ich bin meinem Vorsatz durch all die schrecklichen Jahre auch treu geblieben. Und konnte doch den niederdrückenden Gedanken nie loswerden, dass sie der entsetzlichen Barbarei und dem Morden nicht würden entrinnen können. –

Und dann standen Sie heute in der Bibliothek, wie ein plötzlich ins Leben Zurückgerufener, vor mir!“ ...

Wolfgang Hamberger beendete seine Erzählung mit einem Wort aus dem Talmud: „Es gibt drei Kronen: die des Richters, die des Priesters und die des Königs. Aber höher als alle ist die Krone eines guten Namens!“

Die Katze meines Großvaters

Obwohl die folgende Erzählung als entsprechende Episode im Ganzen meines Buches „Findlinge“ bereits eine Rolle spielt, erscheint sie mir bemerkenswert genug, um – auch für sich genommen – im Rahmen meiner „wahren Geschichten“ bestehen zu können. Sie spielt in den letzten Dezembertagen des Jahres 1944 und hat mit dem Tode meines Großvaters zu tun.

Damals, als er gestorben war und wir ihn nach den alten ländlichen Bräuchen und dem Ritus der Kirche beerdigt hatten, stahl ich mich am selben Tag zur Abenddämmerung noch einmal in sein „Hüüsee“ (das Altenteil-Häuschen), als müsse ich mich vergewissern, ob er, der als liebe und geachtete Erscheinung wie selbstverständlich zu meinem bisherigen Leben gehört hatte, wirklich nicht mehr da war.

In der Wohnstube standen noch die beiden Stühle, auf denen der Gestorbene zwei Tage lang im offenen Sarg aufgebahrt lag, ehe die „Totenlade“ endgültig verschlossen und von den vier erwählten Männern hinausgetragen wurde.

Auf einem der Stühle hatte der Großvater einst gesessen, während ihn der bekannte Rhönmaler Paul

Klüber als „Opa Heller" porträtiert und ich die beiden öfters heimlich durchs Schlüsselloch beobachtet hatte, weil der Künstler bei seiner Arbeit durch nichts und niemanden gestört werden wollte.

Obwohl mich eine geheimnisvolle Scheu befiel, betrat ich durch die offene Tür auch die vertraute Schlafkammer. Das Bett des Großvaters stand verlassen und kahl da, denn die Tante, die ihn seit Langem versorgt hatte, war sogleich daran gegangen, Federbett, Kopfkissen und Laken wegzuräumen, nachdem man ihn in den Sarg gelegt hatte.

Über dem Fußende des Bettes hingen an schlichten Haken noch einige seiner alltäglichen Kleider: zwei derbe Cordhosen, eine einfache Jacke, der blaue Arbeitskittel, die Weste und daneben der Hut, den er oben zu einer markanten Falte zusammengedrückt hatte.

Während ich so dastand, gingen mir noch einmal die traurigen Erlebnisse der letzten Tage durch den Kopf. Schließlich liefen alle Gedanken auf die eine, schmerzliche Gewissheit zu: Der Großvater hatte uns verlassen, und mit ihm waren die „wirklich alten Zeiten", von denen nur er noch zuverlässig zu erzählen wusste, unwiderruflich dahin. Was mir blieb, waren die Erinnerungen an ihn.

Eine davon, die auf merkwürdige Weise Vergangenheit und Gegenwart miteinander verband, will ich erzählen. Eine seltsame Geschichte, die von einer Katze handelt.

Sie war kein schönes Tier; nicht etwa dreifarbig bunt gefleckt, schwarz-weiß oder mit Tigerfell. Viel eher hätte man denken können, sie sei aus einem schmutzig-gelben Farbtopf gezogen worden. Ein Ohr war, vermutlich seit dem heißen Kampf mit einem Hund oder Fuchs, völlig zerfranst. Am meisten aber fiel das rechte Vorderbein auf, an dem der Fuß fehlte und das verbliebene Ende seltsam verkrüppelt war, sodass die Katze auf diesem Bein stark hinkte oder überhaupt nur auf drei Beinen lief. Ich kannte den Grund. Der lag allerdings schon ein paar Jahre zurück.

Eines Nachmittags begleitete ich den Opa auf einem seiner längeren Spaziergänge, an deren Ende er gewöhnlich an der gefassten alten Quelle in der Nähe der großen Viehtränke eine Henkelkanne voll Trinkwasser holte, das er dann zu Hause in ein geharztes Holzgefäß umfüllte, worin es wunderbar frisch blieb.

Am Waldrand vernahmen wir plötzlich lautes Rascheln, Klirren und Fauchen. Eine gelblich-struppige, vermutlich wild umherstreunende Katze hatte ihre Freiheitsliebe teuer bezahlt, da sie in eine tückisch aufgestellte Fuchsfalle geraten und verzweifelt bemüht war, sich wieder daraus zu befreien. Während wir näher herantraten, knurrte sie drohend, fauchte erneut mit weit aufgerissenem Rachen und zerrte wild an der dünnen Kette, mit der die Falle an einem Baumstämmchen befestigt war.

Als aber der Großvater jetzt ganz langsam und beruhigend auf die Katze einsprach und sich neben sie kniete, duckte sie sich mit einem Mal still auf die Erde, sodass er sie von ihrem Marterinstrument erlösen konnte. Erstaunlicherweise ließ sie sich von ihrem Befreier auch auf den Arm nehmen. Jetzt sahen wir erst richtig die erschreckende Bescherung: Die Falle hatte ihr den rechten Vorderfuß so zerschmettert, dass er nur noch durch zwei ebenfalls beschädigte Sehnen eine erbärmliche Verbindung mit dem übrigen Bein aufwies.

Behutsam trug der Großvater das zitternde Tier nach Hause. Dort ließ es sich von seinem Befreier, ohne großes Widerstreben, sogar einen Verband anlegen und nach dieser Prozedur mit einem Napf Milch trösten, den es, wegen seiner offensichtlichen Schmerzen, aber nur stockend leerschleckte.

Und zäh, wie Katzen sind: Nach einiger Zeit starb zwar der lädierte Fuß ab; das restliche, stummelartige Bein jedoch verheilte wieder. Die Katze aber, die allen anderen Menschen gegenüber ihre scheue Wildheit nie ganz ablegte, folgte von nun an ihrem Erretter wie ein Hündchen auf Schritt und Tritt.

Morgens, wenn er nach dem üblichen Schluck Wermut-Tee auf nüchternen Magen aus seiner Stube kam, um im Viehstall noch ein wenig mitzuhelfen, wartete sie schon im Flur oder vor der Haustür, machte ihn sogleich durch ihr schmeichelndes Miauen auf sich aufmerksam und strich ihm schnurrend so lange um die Beine, bis er sie angesprochen oder wenigstens kurz gestreichelt hatte. Es war, als ob sie sich jeden Tag aufs Neue seiner Zuwendung versichern wolle. Dann lief sie, hinkend zwar, aber stolz mit zum Himmel gestelltem Schwanz hinter ihm her.

Selbst wenn er sich gelegentlich noch mit dem Pferdefuhrwerk auf einen weiteren Weg begab, folgte sie ihm, bis sie auf sein Geheiß stehen blieb, eine Weile unschlüssig verharrte und zögernd zum Hof zurückkehrte, um dort auf ihn zu warten oder auf dem Weg, auf dem er entschwunden war, wiederholt Ausschau zu halten, damit sie seine Heimkehr nicht verpasse. Bei solchen Gelegenheiten, wie auch sonst ab und zu, bekam sie von ihrem Gönner einen besonderen Leckerbissen, den sie wohlig schmatzend verzehrte.

Das ging so hin, gehörte mit der Zeit zu den selbstverständlichen Vorgängen auf unserem Hof. Jeder wusste, es war „em Oba sii Kazz“ (Opas Katze).

Als er gestorben war, ging uns zunächst anderes durch den Kopf als Gedanken an seine Katze. Dann aber – es war am zweiten Tag, dass der Verstorbene aufgebahrt in seiner Stube lag – hatte ich gerade leise die Tür geöffnet, um ihm mit einem Gebet einen „Totenbesuch“ zu machen, wie das in den alten Zeiten üblich war. Vor Schreck hätte ich fast einen Schrei ausgestoßen, denn auf einem Schemel, direkt neben dem Toten, saß wie versteinert die Katze! Sie musste sich unbemerkt mit jemandem in den Raum geschlichen haben. Da sie sich heftig sträubte, gelang es mir nur mit Mühe, sie hinaus in den Flur zu schaffen, wo sie immer wieder kurz und jammernd klagte, ehe sie sich schließlich stumm auf den Dachboden zurückzog. –

Am nächsten Vormittag, als der Leichenwagen in Gestalt eines Pferdeschlittens mit dem festgezurrten Sarg des Toten und in seinem Gefolge die Trauernden sich bereits auf den tief verschneiten Weg zu Friedhof und Kirche im weit entfernten Poppenhausen gemacht hatten, blickte ich zufällig noch einmal zurück zu unserem einsamen Hof. Da sah ich, dass uns die Katze in einigem Abstand gefolgt, jetzt aber stehen geblieben war. Und es schien mir, als riefe sie ihr klagendes Miau hinter unseren vielen gemeinsamen „Vater unser" und „Gegrüßet seist du, Maria" her. Schließlich verlor ich sie aus den Augen – für immer, wie sich herausstellen sollte.

Schon am selben Abend, als beim Melken in gewohnter Weise auch die Katzen ihren Schluck Milch bekamen, fehlte sie. Als sie auch am folgenden und übernächsten Tag nicht auftauchte, begann ich mir ihr seltsames Verhalten zu erklären: Sie verspürte nach dem Verlust ihres Retters und Beschützers keine Veranlassung mehr, bei uns zu bleiben. Hatte sie vielleicht das Weite gesucht, um sich wieder ihrem einstigen Element, der Freiheit, hinzugeben? Oder hatte sie sich in ihrer Trauer irgendwohin zurückgezogen, um auch zu sterben, wie ich es von anderen Tieren in einem Buch gelesen hatte? Wie auch immer, die Katze war verschwunden. Wir haben sie nie wieder gesehen.

Der Wiedergänger

Vor einiger Zeit stieß ich im Anzeigenteil der Fuldaer Zeitung auf die Nachricht vom Tod eines alten Rhöner Schäfers. Sogleich standen mir zwei Begegnungen mit ihm wieder vor Augen.

Einmal, vor vielen Jahren, hatte ein überraschend früher Wintereinbruch meine Neugier und mich zu einer mutigen Wanderung in die Hohe Rhön gelockt. Dichte Schneeschauer, die der eisige Wind vor sich her und mir ins Gesicht trieb, hatten bereits eine geschlossene weiße Decke über die Berge gebreitet. Nur ab und zu riss das vorüberhastende Gewölk auf, und für kurze Zeit warf die schräg stehende Sonne eine kulissenartig fahle Beleuchtung über die einsame Berglandschaft.

Während eines dieser „Lichtblicke" kam mir am Fuße des Heidelsteins – wie eine Erscheinung aus dem geheimnisvollen Jenseits, das sich hinter den tief herabhängenden Nebelschwaden befinden musste – ein Schäfer mit seiner Herde entgegen. Die Tiere, allesamt mit dicken Schneehauben auf den Rücken, als wären es auf die Erde versetzte Wolkenschafe, boten ein seltsames, fast unwirkliches Bild. Bei näherem Hinsehen allerdings machten sie keinen himmlischen, vielmehr einen bedauernswert irdischen Eindruck. Von den Hunden behutsam zusammengehalten, schienen sie nur sehr langsam, manche mehr hinkend als gehend, dem Hirten folgen zu können.

Der, hineingekauert in seinen langen Mantel, den Filzhut ins Gesicht gezogen, verhielt sich, während er mich bemerkte, anders, als ich es sonst gelegentlich mit den eher zurückhaltenden, gewöhnlich auf sich selbst gestellten Vertretern dieses uralten Berufes erlebt hatte.

Zunächst schien er, wie zuvor ich, einen Augenblick lang verdutzt, hier oben bei solchem Wetter überhaupt einem Menschen zu begegnen. Dann aber kam Bewegung in ihn, und mit raschen Schritten durch den frischen Schnee ging er geradeswegs auf mich zu, wobei es mir so vorkam, als sei er froh, jemanden zu treffen.

Ich täuschte mich nicht. Mit sorgenvoller Miene suchte er mir die bedrückende Lage klarzumachen, in der er sich befand: Bis vor einer Woche noch habe er seine Herde auf den weit verbreiteten Berg-Huten in Thüringen grasen lassen. (Die feindselige, gar tödliche Grenze mitten durch die friedliche Rhön war damals gottlob wieder verschwunden.)

Während er also dort seine Schafe hütete, ohne schon an den Winter zu denken – auch die stets „vorausschauenden Schneegänse“ (die Kraniche) hatten sich noch nicht auf ihre Reise nach Süden gemacht –, brachen auf einmal doch diese unerwartet frühzeitigen und heftigen Schneefälle über die Berge herein und stürzten selbst ihn, den seit Kindesbeinen mit Wind und Wetter vertrauten Rhöner Schäfer, in Ratlosigkeit.

Zwei Tage lang hoffte er, dass Petrus „seinen Irrtum einsehen und wieder gutmachen“ werde. Aber nichts davon. Also musste er sich mit seinen Tieren auf den langen Heimweg machen, um so schnell wie möglich die Ställe in der Nähe von Pferdskopf und Eube zu erreichen.

Unterwegs nahmen Schneeschauer und Kälte sogar noch zu, am schlimmsten in den Nächten, in denen er an leidlich windgeschützten Waldrändern oder unter freistehenden Baumgruppen mit seinen Schafen frierend ausharren musste. Und weil zudem der Schnee am Anfang sehr nass war und deshalb tief in die Wolle der Tiere eindringen konnte, litten sie zunehmend an bösen Erkältungen. Bei etlichen war inzwischen die Gefahr abzusehen, dass sie, zusätzlich geschwächt durch den Hunger, nicht mehr lange durchhalten, vielmehr hier oben in der Einsamkeit – unter den Augen des Hirten – jämmerlich verenden würden.

Vielleicht, deutete der Schäfer, an mich gewandt, auf seine Schafe, sei es auch mir bereits aufgefallen, wie mühsam die Herde nur noch vorankomme. Und der Petrus, das könnten wir ja beide sehen, denke gar nicht daran, den Winter noch einmal „zurückzupfeifen“. Vielmehr scheine er ihm für längere Zeit die eisige Herrschaft über die Rhön erlaubt zu haben.

Früher habe man gesagt, so ein Wetter sei eine Strafe Gottes für die Schlechtigkeit der Menschen. Inzwischen jedoch kämen ihm Zweifel, ob das stimme. Denn wenn es wirklich so wäre, dann müssten wir uns darauf gefasst machen, dass es heutzutage nur noch miserables Wetter gebe.

Aber über solche Gedanken, die ihm gelegentlich so kämen, noch weiter zu reden, habe er im Augenblick nicht die Ruhe. Es gehöre zwar zu seinem Beruf, mit der Natur nicht nur in friedlichem Einverständnis zu leben, sondern manchmal auch zäh mit ihr zu ringen, um sich zu behaupten. Mittlerweile jedoch scheine er wieder mal an einem Punkt angelangt zu sein, wo er diesen Kampf schmerzlich verlieren könnte.

Das sei auch der Grund, sofort auf mich zuzugehen, als er mich gesehen habe. Er zähle sonst nicht zu denen, die andere Leute belästigten oder gar anbettelten. Jetzt aber hoffe er, dass ich zu der Sorte von Menschen gehöre, die sich in die Lage eines anderen hineindenken könnten. Kurz und gut: Er brauche Hilfe. Darum habe er die Bitte, ob es mir möglich sei, einen Abstecher nach Wüstensachsen zu machen, um von dort aus – Handys hatten sich damals noch nicht in die Welt eines Rhönschäfers verirrt – einen guten Bekannten von ihm anzurufen. Dem solle ich den traurigen Zustand hier oben klarmachen und ihm zureden, sich mit Traktor und Anhänger auf den Weg zu machen. Er selbst werde mit den Schafen an der „Schornhecke" auf ihn warten. Dann könnten sie vielleicht gerade noch rechtzeitig die am meisten kranken Tiere nach Hause transportieren. Für die übrigen möge der Helfer einen Ballen Heu mitbringen und auch für ihn, den Schäfer, einen kräftigen „Runken" Brot und ein Stück Wurst oder Schinken, damit alle den restlichen Heimweg schafften.

Ich versprach, mich sogleich auf den Weg zu machen. Um ihm aber auch noch ein wenig Mitgefühl zu zeigen, ließ ich die Bemerkung fallen, dass ein Schäfer, wie ich jetzt wieder sähe, beileibe kein so einfaches Leben habe, wie sich das manche Menschen in ihrer Unkenntnis oder ihren schwärmerischen Vorstellungen vom einfachen Leben in freier Natur vielleicht ausmalten.

Da hätte ich wahrlich recht, meinte er, – um nach einer kleinen Pause hinzuzufügen: „Einen freilich gibt es, der hat es verstanden, einem Rhönschäfer richtig in die Seele zu gucken, und er hat das in einem Buch so beschrieben, dass man darüber sogar lachen kann!" Der das fertiggebracht habe, fügte er hinzu, das sei der Walter Heller. Ob ich vielleicht schon mal was von dem gehört hätte? Wenn er so allein unterwegs sei, lese er oft in dem Buch. Dabei fühle er sich unter lauter Menschen, die ihm bekannt vorkämen.

Ich war, wie man verstehen wird, mitten im Schneetreiben am Heidelstein, überrascht und verblüfft, aber auch freundlich berührt und zugleich ein wenig verlegen, weil ich befürchtete, der Schäfer werde mich für irgendeinen Spinner halten, wenn ich mich ihm zu erkennen gäbe.

Als ich es doch tat, indem ich sagte, dieser Walter Heller stehe gerade vor ihm, da starrte er mich in der Tat einen Augenblick lang merkwürdig an. Aber dann – er war sich jetzt anscheinend sicher, dass ich ihn auch in seiner Rhöner Mundart verstehen werde – brach es fast wie befreiend aus ihm heraus: „Naä, doss glaäid m'r kaäi Maänsch, baänn ich fezeel, boas m'r elz Schöffer hee oowe off de Röö delaa konn!" (Nein, das glaubt mir kein Mensch, wenn ich erzähle, was man als Schäfer hier oben auf der Rhön erleben kann!) Er könne sich fast schon ausmalen, dass es ihm ergehen werde wie jenem Schäfer in meinem Buch, den die anderen wegen seiner Übertreibungen bös in die Enge getrieben und zuletzt lächerlich gemacht hätten! –

„Naä, naä, also soo aäbbes ..." (Nein, nein, also so was ...) murmelte er immer noch vor sich hin, als ich mich schon halb abgewandt hatte, um seiner Bitte nachzukommen. Im Fortgehen vernahm ich nur noch, wie er – in ein erneutes Schneegestöber hinein – hinter mir herrief, er würde sich freuen, wenn wir uns mal wieder begegnen sollten! Vielleicht hätte auch er das eine oder andere zu erzählen, was mich interessieren könnte. –

Er hielt Wort, wenn auch Jahre später. Es war an einem Abend im „Cafe am Dales“ in Thalau, wo ich gerade aus meinem Roman über „Kaspar Maul“, jenen armen Teufel vom Teufelstein, gelesen hatte. Während ich noch Bücher signierte oder auf Fragen der Zuhörer einging, stand ein älterer Mann etwas abseits und wartete geduldig, bis diese Prozedur zu Ende war. Dann trat er an mich heran und rückte, fast ein bisschen geheimnisvoll, damit heraus, dass wir uns schon mal begegnet seien: – in einem Schneesturm! – oben am Heidelstein! – Ob ich mich noch erinnern könne? – „Jaaa! – jetzt! – natürlich! der Schäfer!“

Er habe, bekannte er, heute Abend sogar eine Sitzung bei der Gemeinde geschwänzt, nur um den „Kaspar Maul“ noch etwas näher kennenzulernen. Auch dieses Buch von mir habe er gelesen und seitdem auf seinen einsamen Wegen versucht, sich in den wahrlich ungewöhnlichen, vom Schicksal geschlagenen Menschen hineinzudenken. Manchmal stelle er sich sogar vor, mit ihm ein Stück durch dessen traurige Welt zu wandern. –

Es gebe aber, sagte der Schäfer nach einer Pause, einen weiteren Grund, weshalb er mich heute Abend anspreche. Ob ich mich erinnerte, dass er mir damals in Wind und Wetter noch nachgerufen habe, auch ihm sei über die Jahre so manches begegnet, was vielleicht des Erzählens wert sei.

Dazu gehöre unbedingt die Geschichte von Verhängnis und Schuld eines unbegreiflichen Menschen, die er mir, falls ich so viel Zeit hätte, kurz erzählen wolle. Es sei die unglaublichste und zugleich schaurigste, die er je erlebt habe. Und das liege noch gar nicht einmal so weit zurück.

„Zwei Jahre", begann er, „wird es her sein, dass ich mich mit meinen Schafen wieder einmal in der thüringischen Rhön aufhielt. Eines Sonntags habe ich die Tiere in eine Umzäunung getrieben und mich dazu aufgerafft, ein bekanntes Volksfest zu besuchen, das dort gerade stattfand. Wenn man als Schäfer oft lange Zeit allein unterwegs ist, dann kann es einem wie eine richtige Prüfung vorkommen, ob man sich zum Beispiel noch zurechtfindet im kunterbunten Durcheinander eines solchen Jahrmarkts, - zwischen den Ständen mit Handwerkerkunst und Krimskrams, in den Rauch- und Duftschwaden der Grillwürste, die zusammen mit den Klängen der Blasmusik durch die Gassen wehen; nicht zuletzt im Gedränge der Menschenmenge mit ihren unterschiedlichen Mundarten."

Bald aber, fuhr der Schäfer fort, habe er von dem Trubel genug gehabt, sodass er sich an einen nahen Berghang zurückgezogen und auf einer Ruhebank Platz genommen habe, um das Leben, wie der liebe Gott, ein wenig von oben zu betrachten.

Nach geraumer Weile sei ihm vom Dorf herauf, langsam, mit vielen Verschnaufpausen und auf zwei Stöcke gestützt, ein weißhaariger alter Mann entgegengekommen, der sich, ohne lange zu fragen, zu ihm gesetzt habe.

Der wird wohl auch seine Gründe haben, sei es ihm durch den Kopf gegangen, um, während er den Fremden etwas genauer gemustert habe, für sich im Stillen hinzuzufügen: ein wirklich alter Mann! Dabei hatte er sich in letzter Zeit oft eingestehen müssen, dass er auch nicht mehr der Jüngste war.

Wie es so geht, kamen die beiden ins Gespräch: übers Wetter, das hiesige Volksfest, über die heutigen Zeiten, nicht zuletzt über das, worüber die Alten immer zu reden und meistens zu klagen haben: über die Jungen. Bei dieser Unterhaltung brachte der andere, wie der Schäfer sich noch genau zu erinnern meinte, mit eigenartiger Unruhe in den Augen und zäher Beharrlichkeit die Rede auf früher.

Geboren auf einem einsamen Hof nicht weit von der Wasserkuppe, sei er in den Nazi- und Kriegszeiten aufgewachsen. „Da herrschten“, wie er sagte, „andere Zustände! Nur die Stärksten haben was gegolten, sodass man gezwungen war, sich rücksichtslos zu behaupten, wenn man nicht als Schwächling unter die Räder kommen wollte!“

Auch er habe schon als Kind von seinen älteren Brüdern gelernt: Du musst dich mit allen Mitteln wehren, vor allem, wenn sie dich ärgern oder als komischen Kauz verspotten! Meistens habe er bei Raufereien jedoch den Kürzeren gezogen und sich darüber „grün und gelb geärgert". Bis er eines Tages in einer alten Scheune eine Pistole mit Patronen gefunden habe, die wahrscheinlich von Soldaten dort vergessen worden war. Die habe er bei der nächsten Gelegenheit plötzlich aus der Tasche gezogen und damit direkt vor seinen Widersachern mehrmals in die Erde geschossen, dass der Dreck an ihren Beinen hochspritzte. Da hätten sie kapiert, mit wem sie es von jetzt an zu tun hatten. Ihm aber sei mit heimlicher Freude eine Gänsehaut über den Rücken gelaufen, als er zum ersten Mal beobachtet habe, wie andere vor ihm zitterten.

Um das Noch-zu-den-Soldaten-Müssen habe er sich mit ein bisschen Schlauheit und Glück herumdrücken können, indem er im sogenannten Wehrertüchtigungslager heimlich so lange „Tabak gefressen" habe, bis sie ihn als krank und „untauglich" entlassen hätten.

Direkt nach dem Krieg jedoch habe für ihn eine verhängnisvolle Zeit begonnen. Damals sei ihm, wie er sagte, das ganze Leben „versaut" worden. „Alles war aus den Fugen, Mord und Totschlag sozusagen an der Tagesordnung". Angst und Schrecken hätten besonders „die Bollacke" (die Polen) verbreitet [die während des Krieges von den Nazis als Zwangsarbeiter nach

Deutschland verschleppt worden waren und nun, nach ihrer Befreiung durch die Amerikaner, in Sammellagern auf ihre Rückführung warteten]. Die hätten durch nächtliche Beutezüge die ganze Gegend unsicher gemacht, weil sie sich für das erlittene Unrecht „ein bisschen" rächen und schadlos halten wollten. Vor allem Nazis oder solche, von denen sie schlecht behandelt worden waren, hätten sie sich als Ziele für Überfälle ausgesucht. Und da sei auch ab und zu „Blut geflossen", wie er sagte.

„Aufgrund solcher Vorfälle", fuhr er fort, „die weit herum Aufsehen und Schauder erregten, haben auch meine älteren Brüder und ich uns zu derartigen Händeln verleiten lassen. Hatten wir denn nicht auch allen Grund, denen einen Denkzettel zu verpassen, die wir für ehemalige Nazis hielten? Oder diejenigen ein wenig ‚um Überflüssiges zu erleichtern', denen es immer besser gegangen war als uns und die deshalb gern von oben auf uns heruntergeguckt haben?"

Deshalb sei es auch bei ihrem, wie er sich ausdrückte, „Kampf für die Gerechtigkeit" nicht gerade zimperlich zugegangen, manchmal auch nicht „ohne blutige Nasen, obwohl wir das eigentlich gar nicht wollten". Hier und da jedoch hätten sie es für unvermeidlich gehalten, von Anfang an „auf Nummer sicher zu gehen, um möglichen Widerstand zu verhindern".

Alles sei nach ihren Plänen eine ganze Weile gut gegangen. Endlich hätten sie einmal das Gefühl gehabt, nicht zu den Dummen und Ausgelachten zu gehören.

Irgendwann jedoch sei die Polizei, angestiftet durch Verräter oder Wichtigtuer, hinter ihnen her gewesen und habe sie, einen nach dem anderen, an unterschiedlichen Orten aufgespürt und verhaftet. Ihn selbst habe die amerikanische Militärpolizei in der Nähe von Bischofsheim beim Schwarzhandel erwischt und in ein deutsches Gefängnis eingeliefert.

Später habe man ihnen in Fulda mit großem „Schbeggdaachel" den Prozess gemacht, sie zu „richtigen Verbrechern" abgestempelt, ihnen sogar „Mord und Totschlag" angehängt und – das sei bis heute seine Meinung – an Stelle der „eigentlich schuldigen" Polen zu langen Haftstrafen „verknackt". Vor jenen hätten die Richter nämlich Angst gehabt.

Auch er, obwohl er seine Unschuld bis zuletzt beteuert habe, sei für viele Jahre im „Loch" gelandet und dort „total verhunzt" worden, sodass er auch nach seiner Entlassung „zu nichts mehr getaugt oder Lust gehabt" habe.

Nach der sogenannten Wiedervereinigung habe er zwar versucht, hier im Osten, wo er sich unerkannt fühlte, noch mal „einen Anlauf zu nehmen". Aber irgendwie scheine bei ihm alles zum Misslingen verurteilt. Er müsse es so hart sagen: „Man hat mir mein Leben gestohlen!"

Immerhin fühle er sich im Augenblick ein bisschen erleichtert, weil ihm endlich einmal jemand zuhöre.

Dem Schäfer aber wurde es – während der andere unter einem seltsamen Zwang weiterredete – wie in einem schrecklichen Alptraum von Satz zu Satz, beinahe von Wort zu Wort immer beklemmender und unheimlicher zumute. Bis es zuletzt nicht mehr den geringsten Zweifel für ihn gab: Der Alte, der wie aus einem verborgenen Abgrund aufgetaucht war und nun bieder hier neben ihm saß, war – als damals gerade einmal Sechzehnjähriger – einer der Mörder seiner Eltern!

Im ersten Entsetzen wollte er aufspringen, ihn an der Gurgel packen und ihm seine Wut und Verachtung so ins Gesicht schreien, dass ihm für immer Hören und Sehen vergehe! Aber der jähe Schrecken verschlug ihm nicht nur die Sprache; er saß fassungslos da, wie gelähmt.

Er und seine vier Geschwister waren noch Kinder, als kurz nach dem Krieg die drei Mörder-Brüder, mit Pistolen bewaffnet, am helllichten Tag auf dem Hof seiner Eltern in Farnlieden auftauchten und um sich schossen; zunächst wohl nur, um Schrecken und Furcht auszulösen und währenddessen das Motorrad des Vaters zu rauben. Aber dann wollten sie plötzlich, wie einer von ihnen ohne jede menschliche Regung später vor Gericht aussagte, auch „Blut sehen". Das habe ihnen zunehmend „Spaß gemacht". Deshalb hätten sie das Ehepaar durch mehrere Schüsse getötet.

Aus unfassbarer, purer Raub- und Mordlust also hatten sie, zum Teil in Komplizenschaft mit zwei Polen, dieses und ähnliche Verbrechen begangen; zum Beispiel am Klübershof, wo sie – wie es bei der Gerichtsverhandlung herauskam: drei Tage nach dem Tod ihrer eigenen Mutter! – und unter den Augen der entsetzten Töchter kaltblütig deren Mutter erschossen.

Nur mühsam kam man ihnen in der verworrenen Nachkriegszeit auf die Schliche und konnte sie schließlich festnehmen. Vor Gericht versuchten sie hartnäckig, die Ahnungslosen, die tumben Toren, die Unschuldigen, gar die halben Opfer zu spielen. Keine Spur von Schuldbewusstsein oder Mitgefühl, wie der Schäfer, als er älter geworden war, aus den Prozessberichten herauslesen konnte.

Allein durch das aufopferungsvolle Einspringen einer Tante als Ersatz für dieMutter und durch die klaglose Arbeit eines treuen alten Knechtes sei das Auseinanderfallen der Familie und damit ein ganz und gar trostloses Schicksal verhindert worden. –

Und jetzt saß dieser unbegreifliche Mensch, als wäre nichts gewesen, hier auf einer Bank neben ihm, hatte selbst in seinem hohen Alter noch immer nicht begriffen oder wollte nicht begreifen, was er anderen

Menschen angetan hatte. Beklagte sich vielmehr, man habe ihm „das Leben gestohlen“.

Einen Moment lang rang der Schäfer unter der stürmischen Verwirrung seiner Gefühle noch damit, wie er sich verhalten solle. – Schließlich erhob er sich hastig und eilte, ohne den anderen auch nur eines Blickes zu würdigen, talwärts, um unter Menschen zu kommen; während jener halb erschrocken und verständnislos hinter ihm herblickte.

„Seitdem“, kam der Schäfer zum Ende seiner Geschichte, „grübele ich, ob ich's richtig gemacht habe. Oder ob ich ihm die Wahrheit hätte sagen und das Netz seiner Lebenslügen zerreißen müssen. Von Zeit zu Zeit kommt es über mich, und ich erwäge nachzuforschen, wo er jetzt steckt, um bei einer zweiten Begegnung herauszukriegen, ob er nicht doch zu menschlicher Regung fähig ist. Denn was ist das für ein erbärmliches Leben, in das er sich mit seiner Schuld ohne Einsicht und Reue verrannt hat!“

Ob aus dieser Absicht etwas geworden ist, – ich weiß es nicht. Auch nicht, ob der andere noch lebt. Für ein Zusammentreffen der beiden wäre es jetzt ohnehin zu spät. Denn der Schäfer ist, wie erwähnt, inzwischen gestorben.

Selbstfindung

Mein Freund R., ein wunderbarer Mensch, birgt, wie jeder von uns, unergründbare Geheimnisse. Eines davon zeigt sich in seinem Urbedürfnis zu f r a g e n : Was ist „eigentlich" was wir zum Beispiel „Gott", das Universum oder „die Welt" nennen? Oder das Leben! – Wie eigentlich kam es zustande? Und mit welchem Ziel? Warum oder besser wozu gibt es eigentlich überhaupt etwas? Und darin eingeschlossen die Fragen: Wer und wozu bin eigentlich ich? Und was bedeuten dann Glück und Leid? Oder Freiheit und Schicksal? Was ist eigentlich gut, was böse? Was Schuld, was Verhängnis? Und warum lernt die Menschheit eigentlich nichts aus immer neuem, erbärmlichem Versagen, aus endlosen Kriegen und selbst verschuldetem Unheil? ...

Unzählige Menschen werden sich solche oder ähnliche Fragen gestellt haben, wobei allen eines gemeinsam sein dürfte: dass sie Antworten suchen.

Genau da aber liegt der Haken. Denn je einfacher, ja „kinderleicht" sich manche Fragen stellen lassen, umso vertrackter, wenn nicht unmöglich, erweisen sich selbst die angestrengtesten Versuche, darauf vernünftig zu antworten. Oder was sagen wir einem Kind auf die Frage: „Wie groß ist der liebe Gott?" Gar nicht zu reden von der neugierigen Anwandlung eines Fünfjährigen: „Warum ist heute nicht schon morgen?"

Was Wunder, wenn die „Erziehungsberechtigten" auf alle möglichen Einfälle kommen, um die Wissbegier ihrer „Zöglinge" möglichst im Keime zu ersticken. Zum Beispiel durch ein sofort in den fragenden Kindermund geschobenes Gummibärchen oder durch den spürbar genervten Hinweis, dass Mami gerade keine Zeit hat, dass aber der Papa, der alles weiß, bald nach Hause kommen wird; – eine meistens sehr schnell entlarvte und darum höchst unergiebige pädagogische Aufgabenverschiebung!

Ist es da nicht „logisch", wenn der atemberaubende Siegeszug elektronischer Spielzeuge, wo „lebendige" Akteure nicht nur schlaue Fragen stellen, sondern auch schlagfertige Antworten und „cooles" Handeln parat haben, nahezu alle Kinderzimmer erobert hat? Wodurch „fortschrittliche" Eltern die altertümliche Zumutung des Antworten-Müssens von nun an der Technik, die „alles" kann, und dem stets um seine Kunden „besorgten" Markt anvertrauen können?

Und d e r – Kenner und Lenker heimlicher Begierden – tut „sein Bestes", um die Erfahrung der Kinder mit Gummibärchen und Spielzeug auch für das weitere Leben wachzuhalten. Nicht von ungefähr heißt es im Sprichwort, dass alle, die sich früh üben, damit das Zeug erwerben, einmal Meister zu werden. Und das

Zaubermittel, um auf dieser Laufbahn jede störende Selbsterkenntnis oder lähmende Bescheidenheit zu verbannen, heißt nach wie vor: verlockende Ablenkung!

Anstatt sich also mit quälenden Fragen und ungewissen Antworten über Gott und die Welt, über das Leben und erst recht über das seit je verzwickte Miteinander-Leben herumzuschlagen, sollen die Menschen sich „gut beraten“ wissen, ihre kostbare Zeit zu genießen. Statt mühselig Eigenes ersinnen oder gar schaffen zu wollen und am Ende enttäuscht doch nur Belangloses vorzuweisen, bietet sich eine „realistische“ Gestaltung des Lebens an: durch kühnes Begehren, „frei“ zu sein und „jung“ zu bleiben; durch „moralisch entkrampften“ Umgang mit den Dingen und den Menschen; durch beherztes Sich-Einlassen auf Reize des Neuen und Ungewissen; durch heimliches Schaudern vor planbaren Abenteuern; durch die uralte Befriedigung beim „Jagen und Sammeln“ und den Stolz des Besitzens ...; nicht zuletzt durch jederzeit verfügbare Unterhaltung!

Das alles lässt sich der Mensch nicht zweimal sagen. Wenn Wünsche und Sehnsüchte, bei denen er sich ehedem selbst im Traum als Sünder ertappt fühlte, jetzt nicht nur ungeniert ausgesprochen, sondern glühend empfohlen werden, dann sprengt das Türen und Tore der Zurückhaltung:

Warum nicht „die Welt erobern“ durch einen Flug an die Strände der Malediven; auf dem Postschiff zu den zerbröckelnden Eisbergen am Nordkap; auf einer All-inclusive-Safari in die Serengeti; auf lianenumwucherten Pfaden zu mysteriösen Stätten der Inka; oder, um es „auf die Spitze“ zu treiben, durch eine „professionell organisierte Expedition auf das Dach der Welt“? (Wo man – „Ihr Wunsch ist uns Verpflichtung!“ – auch vom sicheren Basislager aus die inzwischen durch sarkastische Kritiker als „braun“ klassifizierte Route zum Gipfel des Mount Everest mit einer Telekamera genau verfolgen und auf diese Weise „hautnah miterleben“ kann, wie und worauf ein solches Unternehmen hinaus- oder besser hinauflaufen kann.)

Oder was hindert Menschen, sich „ganzheitlich“ zu verwirklichen, indem sie zugleich an Joga-Übungen und Ayurveda-Kursen teilnehmen; an Nordic-walking mit anschließender Sauna; an Fitness-Programmen mit musikalischer Animation und einer speziell auf den dritten Lendenwirbel zielenden Rückenschule; an kreativer Wassergymnastik und meditativem Malen; an gemeinsamem Singen auf einer Berghütte und an regelmäßigen Treffen der Selbsthilfegruppe für Intensiv-Suchende?

Und was den Reiz des sich Aneignens sowie den – meistens bestrittenen – Genuss am Besitz anlangt: Da soll es inzwischen nicht nur die dubiosen Finanzhaie geben, die in einer offensichtlich unheilbaren, die Wirklichkeit verdunkelnden Geisteskrankheit um Milliarden pokern wie biedere Skatspieler um die Groschen ihres abendlichen Einsatzes. Mir ist auch von Frauen berichtet worden, die nach dem Kauf des einundzwanzigsten Paars Schuhe und des fünfzehnten Seidenschals erst so richtig Fahrt aufnehmen in Sachen Kauflaune.

Und im Hinblick auf immer abrufbare Unterhaltung weiß ich von jüngeren Männern, die sich an einem normalen Abend aus der „Glotze" locker zwei Thriller hintereinander „reinziehen", um für die folgende zweistündige Übertragung von Champions League-Spielen richtig in Stimmung zu kommen; dabei ab und zu einen längeren Blick ins „Dschungelcamp" werfen und zwischendurch nervös über Handy oder facebook Botschaften mit der Freundin austauschen, um dem finalen Vorwurf einer längeren Vernachlässigung zu entgehen. –

W i e a n d e r s mein Freund, dieser Unvergleichliche! Computer und Internet? Fehlanzeige! iPad und facebook, Surfen, Chatten, Twittern, Skypen ... – für ihn: Wörter von fremden Planeten. Selbst ein in unserer Welt bereits urzeitlicher Informationen-Übermittler und Dauerunterhalter wie der Fernseher ist in seinem oberfränkisch-heimeligen Lehm-Haus nie gesichtet worden! Um indes nicht als „hoffnungslos rückständig" zu gelten, hat er immerhin ein fast neuwertiges Handy der zweiten Generation in seinen Besitz gebracht, das er – nach Absprache – gelegentlich morgens zwischen 9 und 10 Uhr auf Empfang stellt und je nach seelischer Gestimmtheit auch „erhört"!

Reisen unternimmt er – mit Ausnahme gelegentlicher Abstecher an einen idyllischen Flecken in Oberbayern und einen markanten Vorort Fuldas – seit Langem nur auf Routen, die in die innere Welt führen.

Dorthin allerdings ist ihm keine Entfernung zu weit, keine Mühe zuviel. Zeitgenossen, von denen er dabei verständigen Rat oder erprobte Wegweisung erwarten könnte, sind ihm zu eingehenden Gesprächen willkommen. Da aber solche Menschen, wie man sich denken kann, nur in sehr begrenzter Zahl leibhaftig zur Verfügung stehen, sucht er sie mit unvergleichlicher Leidenschaft und Ausdauer im Zauberreich des Virtuellen, das heißt in der nach Druckerschwärze duftenden Welt der Bücher! Wo es ihm nicht nur Werke angetan haben, die „man kennen muss". Nein, mehr fesseln ihn oft solche von längst vergessenen Autoren, die in seinen Augen noch immer oder gerade wieder Wesentliches zu sagen haben, genau so wie der eine oder andere zu Unrecht wenig beachtete Schriftsteller der Gegenwart.

Auf dieser ruhelosen Spurensuche gibt es keine ernst zu nehmende Frage, kein Problem von Gewicht, die ihn nicht interessierten; ganz gleich, ob sie ihm in schöngeistiger Literatur, in der Historie, in Lebensbeschreibungen und Selbstäußerungen ungewöhnlicher Menschen begegnen oder auf den Feldern der Psychologie und der Pädagogik, der Philologie und der Philosophie oder zunehmend in unorthodoxer Theologie und in der Mystik.

Würde man alle gedruckten Exemplare aufeinanderstapeln, die er in seinem Leben gelesen, mit kritischem Blick gewogen, zustimmend registriert, begeistert aufgenommen, ergriffen sich anverwandelt, als belanglos beiseite gelegt, enttäuscht verdrängt oder mit Groll von sich gewiesen hat, – es entstünde ein Turm von babylonischer Höhe! So hoch, dass mich der bloße Gedanke daran stets hat erschaudern lassen, zugleich aber, da bekanntlich ein gewisser Genuss in einer gewissen Gemeinheit steckt, mich zu „eigentlich" unbefugtem Lästern gereizt hat. Aber jedes Mal, wenn ich mich zu der leicht süffisanten Frage hinreißen ließ, ob er denn diesen „Wust" an Wörtern und Sätzen auch verstanden und behalten habe, entgegnete er mit entwaffnender Selbstsicherheit: „Behalten natürlich nicht! Aber verstanden? Zumindest in dem Augenblick, in dem ich sie gelesen habe!" So eine Antwort sitzt!

Aber so sehr sie mir auch imponierte; ich – Skeptiker, der ich bin – wagte sie im Stillen trotzdem zu bezweifeln. – Mit Recht, wie es sich jüngst endlich herauszustellen schien. Zu meinem heimlichen Entzücken hat er nämlich die trotzige Bastion seiner Sicherheit selbst erschüttert! Und zwar auf eine Weise, dass ich mich bemüßigt fühle, sie als kuriosen Beitrag meiner Reihe schwer zu glaubender Geschichten hinzuzugesellen.

Dazu muss man wissen, dass mein Freund, neben seinem unstillbaren Bedürfnis zu fragen, und dem anderen, zu lesen, von einem weiteren unbändigen Drang beherrscht scheint, der mich seit je in Erstaunen versetzt hat: einer Art archaischem Jagdinstinkt, der ihn jedoch, zur Freude aller Tierschützer, nicht mit der Flinte im Anschlag durch Wald und Heide streifen lässt, um Hasen, Rehe, Fasane oder Sauen blutig zur Strecke zu bringen. Vielmehr jagt er auf den weitgehend friedlichen Gefilden der Flohmärkte und Basare, diesen artenreichen Biotopen aller Wegwerfgegner! Dort, wo ein alternativer Weidmann auf schlichten Verkaufstischen angeblich laienhafter Händler durch listiges Erspähen und fintenreiches Anschleichen überraschende Beute machen kann. Zumal die üblicherweise für Jäger limitierten Abschusszahlen in diesen Revieren keine Geltung haben, sodass man mit Fug und Recht von der letzten Domäne reden kann, wo ausschließlich der Charakter und die Fähigkeit eines Mannes über Erfolg oder Niederlage entscheiden.

Angesichts derart elementarer Herausforderungen zeigt mein Freund, was in ihm steckt! Keine Pirsch, auf der er nicht kleinere oder größere Triumphe gefeiert hätte. Und die gesamte Palette der Trophäen, die er, stets mit in sich gekehrtem Stolz, nach Hause gebracht hat, strotzt inzwischen von einer solchen Menge und Auswahl, dass sie den Einkäufern gängiger Supermärkte, wenn sie es sähen, die Schamröte ins Gesicht treiben würde: handgefertigte Werkzeuge und Materialien für den Heimwerker, die nicht den kleinsten Wunsch offenlassen (keine Tür zum Beispiel in seinem konsequenten Öko-Haus, die nicht mit einer besonderen Klinke aus massivem Alt-Messing und handgeschmiedeten Beschlägen ausgestattet wäre). Daneben finden sich diverse Textilien, insbesondere Kleidungsstücke aus nicht alltäglicher Fertigung, samt notwendigen Utensilien zu ihrer adäquaten Verwendung und Instandhaltung (manch eine Hose von feinster italienischer Abkunft will ja einem germanischen Körper erst anbequemt werden!). Auch edle Lederwaren fehlen nicht, desgleichen angemessenes Schuhwerk für jeden Zweck und nahezu alle Klimazonen. Nicht zuletzt offenbaren sich dem geneigten Betrachter antiquarische Gegenstände von kennerhaftem Geschmack: Bilder, Möbelstücke, originelle Lampen und Kerzenleuchter, nicht zu vergessen Porzellan und anderes Geschirr sowie originelle Bestecke und Zubehör ... Es wäre müßig, alles aufzählen zu wollen.

Aber was soll ich sagen: Alle diese Dinge sind für ihn, auch wenn man es kaum glauben mag, von zweitrangigem, letztlich ermüdend profanem Charakter, gemessen an dem, was ihn „eigentlich“ auf Flohmärkte und ähnlich menschenverbindende Einrichtungen lockt. Und ich vermute, dass die Leserin oder der Leser es schon erahnen werden: Bücher! Was sonst? Bücher in Antiquariaten, auf Basaren kirchlicher und sozialer Einrichtungen, auf Straßenmärkten, Volksfesten ...

Natürlich sind es nicht zuletzt auch die Preise, die

unwiderstehliche Botschaften an den Neugierigen und zum „Handeln“ Entschlossenen aussenden. Wie sollte auch das Herz eines Liebhabers nicht entflammt sein, wenn er überraschend eine bibliophile Schönheit erblickt oder das wenig bekannte Erstlingswerk eines von ihm besonders geschätzten Schriftstellers als getätscheltes Schnäppchen sein Eigen nennen kann?

Nächst der urtümlichen Art des Erwerbens und der Menge des Dargebotenen ist es vor allem die illustre Vielfalt, die den von Büchern Berauschten in ihren Bann zieht. Weil es aber vor Ort kaum möglich ist, die detaillierte Ergiebigkeit eines Werkes hinreichend abzuschätzen, bleibt ihm keine andere Wahl, als nach Art der weidmännischen Zunftgenossen zu verfahren: Beherzt trägt er die zumeist gewichtige Beute, verborgen vor neidischem Äugen der Konkurrenz oder den zu erwartenden ratlosen Blicken der Ehefrau, im „Aser“ (so nennen die Jäger ihren geräumigen Rucksack) nach Hause.

Dort beginnt, gewöhnlich ohne Verzug und möglichst in Klausur, das ergötzende Sichten des intellektuellen Zugewinns. Zugleich will die sich neu auftuende literarische Wegstrecke abwägend vermessen und in Etappen eingeteilt werden, die sich ohne lästigen Zeitdruck bewältigen lassen. Denn – auch das muss jedes Mal bedacht sein – der nächste Markttag wirft seine beschwörenden Schatten schon wieder voraus in diese rührenden Szenen der Bücherseligkeit.

So vermag das Leben in seiner unerschöpflichen Weisheit, selbst unter bewegten Umständen, einen verlässlichen Fortgang zu entfalten: Keine Woche ohne geistigen Vorrat, kein Tag ohne hingebungsvolle Lektüre, keine Stunde ohne die Entdeckung neuer Satzgebilde und überraschender Wörterketten. –

Und doch: Von ferne ahnen wir das Unheil, das sich, wie es leider oft seine Art ist, unaufhaltsam nähert. Denn alles, auch das Schönste, wird im Übermaß zur Last. Diese Binsenwahrheit drängte sich auch im Falle meines Freundes eines traurigen Tages mit der unausweichlichen Frage in den Vordergrund: Wohin mit all den Büchern, wenn doch, wie jeder weiß, der Raum auf unserem Planeten ein begrenzter ist? Und so reifte in ihm, zögernd zwar, die schwerwiegende Entscheidung heran: Entweder keine neuen Bücher mehr oder, um wieder Platz zu gewinnen, die schmerzhafte Trennung von alten!

Mehrfach – wir kennen das von Schwüren zum Abnehmen bei Übergewicht – entschloss er sich heroisch zu Ersterem. Aber ich hätte wetten können, dass dies nicht lange gut gehen würde. Wie vermutet, so geschehen. Sichtlich niedergeschlagen, rang sich der Gute im Widerstreit seiner Gefühle schließlich zu einem Balanceakt durch: Immer wenn er das beglückende Ausfindigmachen neuer Bücher nicht länger verdrängen konnte, brachte er, gewissermaßen als schmerzliches Opfer, einen entsprechenden Stapel aus seinen alten Beständen zum Wohltätigkeits-Basar und – verschenkte ihn! Denn um die Bücher ohne Rührung einigermaßen gewinnbringend zu verhökern, fehlte ihm die Courage. Das bedeutete zwar des Öfteren eine erkleckliche Einbuße, wenn er nostalgisch zurückdachte an die Preise, die er einst für so manchen Band zu zahlen bereit gewesen war. Andererseits tröstete er sich, manchmal sogar ein bisschen diebisch, mit den vielen Schnäppchen-Preisen, für die er in jüngerer Zeit den einen oder anderen neuen Schatz entzückt in seine Arme geschlossen hatte.

Auf diese Weise, und mit der zunehmenden Gelassenheit des Alters, hatte sich unser Bücherfreund zu einem vertretbaren Ritus literarischen Ein- und Ausatmens durchgerungen: Erworben – erlesen – verstanden – verschenkt ... Und der mühsam erstrebte Gleichklang von Kopf und Herz schien endlich erreicht! – Bis, ja bis zu jenem Ereignis, das ihn jäh in tiefste Verwirrung stürzen sollte!

Einmal mehr hatte er in einem seiner Jagdgründe beachtliche Beute gemacht. Wobei ihm besonders der Titel eines auch äußerlich gut erhaltenen Werkes ins Auge gefallen war und er sich glücklich schätzte, als er es durch zunächst listig vorgetäuschtes Desinteresse und anschließend gewieftes Herunterhandeln für ganze zwei Euro in seinen Besitz gebracht hatte.

Zu Hause angekommen, entledigte er sich sogleich der drückenden Bürde des Rucksacks und ließ sich mit einem befreienden Seufzer in den Sessel fallen. Noch einmal zog der erfolgreiche Vorstoß in die raue

Welt der Bewährung an seinem inneren Auge vorüber. Und was einem Menschen guttut: Er war rundum mit sich zufrieden!

Schließlich erhob er sich, schritt zu seinem Aser und suchte das Buch heraus, das ihn so sehr gelockt hatte. Während er es behutsam in die Hand nahm, fiel ihm auf, dass der Rand einer Postkarte daraus hervorlugte. Sanft zog er sie hervor. Sie zeigte auf Hochglanz eine der immer schönen Alpenlandschaften. Als er sie aber umdrehte, bemerkte er Seltsames: Sie war, da gab es keinen Zweifel, an i h n adressiert! Und als sein Blick jetzt auf die Seite des Buches fiel, wo die Karte gesteckt hatte, entdeckte er das Unglaubliche: Es war s e i n e Handschrift, die am Rand, unter einem riesigen Fragezeichen, deutlich lesbar vermerkt hatte: „Kapiere den komplizierten Kram nicht! Das soll lesen, wer will!"

Sachte begann es ihm zu dämmern: Diesen Band mit seinem suggestiven Titel hatte er sich vor Jahren für gutes Geld von der „Wissenschaftlichen Buchgesellschaft" zusenden lassen, war aber an den abstrakten, philosophisch verwickelten Gedankengängen deprimierend abgeblitzt. Weil er jedoch diese intellektuelle Kapitulation nicht als ständiges Menetekel vor Augen haben wollte, hatte er das Buch kurz entschlossen bei der nächsten Gelegenheit einem karitativen Bücherbasar geschenkt. – Um es nun, zu unbestreitbar lukrativem Preis, ein z w e i t e s M a l zu erwerben.

Und wie jetzt weiter? Wie ich meinen Freund, den

Einzigartigen, kenne, wird er dem merkwürdigen Geschehen vermutlich tiefere Bedeutung beimessen, womöglich sogar im Sinne einer Art Gottesurteils, vor dem man sich nicht einfach wegducken dürfe. Mit anderen Worten: Er wird sich – ein zweiter Theseus – noch einmal in das Labyrinth dieser philosophischen Gedankengänge hineinkämpfen, um in punkto Verstehen von Büchern d o c h n i c h t als Versager dazustehen.

Und als ich jüngst aus seinem Munde, etwas kryptisch, von einem frisch erworbenen Buch hörte, das den erkenntnis-schärfenden Titel „Mit den Augen der Weisheit" trägt, da schwante mir: Er ist entschlossen, auch die letzten Register zu ziehen, um sein Ziel zu erreichen!

Ich aber in meinem menschlich allzu menschlichen Gespanntsein darauf, dass er endlich ein Mal sein Scheitern bekennen müsse, könnte am Ende ein Mal mehr beschämt das Nachsehen haben.

Nachwort

Schwer zu glaubende und doch wahre Geschichten, die mir durch Erinnerung wieder „zugeflogen“ sind, zum Teil auch eingehender erforscht werden mussten, wollte ich im vorliegenden Buch erzählen.

Im Rückblick wurde mir erst richtig bewusst, dass in den meisten Texten, so unterschiedlich sie auch sein mögen, der K r i e g , dieser *böseste Wahn der Menschheit,* wie ich ihn einmal in einem Essay genannt habe, samt seinen atavistischen Voraussetzungen und verheerenden Folgen, eine gewichtige Rolle spielt.

Das hat mich zunächst selber überrascht – und nachdenklich gemacht. Dabei erschien es mir dann immer weniger verwunderlich, wenn solche Motive und Begebenheiten in meinen Erzählungen nach Ausdruck gesucht haben.

Die am nächsten liegende Erklärung dürfte schlicht die sein, dass der Verfasser noch zu der allmählich aussterbenden Generation gehört, die den Zweiten Weltkrieg nicht nur „ferngesehen“ hat, sondern ihn bereits in jungen Jahren hautnah erleben musste; was in ihm, wie bei vielen Betroffenen, für immer deutliche Spuren hinterlassen hat.

Dazu gehören Erinnerungen: Wie eine gewohnte,

als leidlich sicher erfahreneWelt von heute auf morgen aus den Fugen geraten konnte; wie Vertrauen sich in Angst verkehrte; junge Menschen mit verlogenen Idealen um eine glückliche Kindheit gebracht und in ihrer nach tieferem Sinn und hohen Zielen suchenden Jugend schändlich getäuscht wurden; wie Freiheit und selbstbestimmte Lebensträume auf vorgeschriebenen und überwachten Trampelpfaden der Masse erstickt wurden; Recht und Gerechtigkeit zu Blut-Justiz und Willkür, Bescheidenheit und Mitgefühl zu kollektiver Überheblichkeit und blindem Hass verkamen; wie sich steigernd der „totale Krieg“ mit Luftschutzkeller, Bomben-„Teppichen“ und Evakuierung auch für die sogenannte Zivilbevölkerung zum täglichen Horror wurde, Tod und Leben dabei immer auf dem Spiele standen. Und wie zuletzt, wenn alles das auch noch dem rätselhaften Schicksal ausgeliefert schien, es unerbittlich an den Tag kam, was der Mensch ist und wozu er fähig ist.

Sollte sich also bei der Begegnung mit manchen meiner Erzählungen – und zugleich mit dem Blick auf die Welt von heute – die Einsicht bestärken, dass unser gottlob schon so lange Zeit währender Friede in Europa alles andere als selbstverständlich ist, dass er vielmehr mit politischem Augenmaß und sozialem Verantwortungsbewusstsein, mit besonnenem Mut und beherzter Toleranz immer aufs Neue errungen und verteidigt werden muss, – dann wäre das in meinen Augen eine ungeplante und doch nicht gering zu schätzende „Nebenwirkung“.

Damit jedoch der Krieg und die ernsten Motive nicht „das letzte Wort“ behalten, habe ich mich unter anderem der alten Griechen erinnert, die bekanntlich an ihren unvergleichlichen Theater-Tagen jeweils auf drei Tragödien (Trauerspiele) eine Komödie (ein Lustspiel) folgen ließen. Wahrscheinlich, weil sie weise genug waren, zu erkennen, dass die Zuschauer es nicht ertragen könnten und wollten, wie in einem Spiegel nur dem abgründigen Wesen des Menschen und seinem unausweichlichen Schicksal gegenübergestellt und erschüttert zu werden. Sie wollten, offenbar im Bedürfnis nach seelischem Ausgleich, ihre dargestellten „Ebenbilder“ auf der Bühne auch als Wesen sehen, die Grund zur Erheiterung und zum Lachen boten.

Und weil es ja auch bei uns heißt, dass „Humor ist, wenn man trotzdem lacht“, fühlte ich mich bewogen, die vorliegenden, zumeist nachdenklichen, oft traurigen, manchmal auch unter die Haut gehenden Geschichten ebenfalls mit einer Humoreske ausklingen zu lassen.

Weitere Bücher von Walter Heller – erschienen in Parzellers Buchverlag:

Findlinge

Begegnungen mit Rhöner Originalen. Geschichten über markante Gestalten der Rhöner Heimat des Autors, in liebevoll einfühlsamer und humorvoll kritischer Anteilnahme erzählt.
256 Seiten, Halbleinenband, 1997, ISBN 978-3-7900-0285-0, 15,50 €

Es haädd au nuch schlemmer könnd gewaär - Rhöner Humor -

Anekdoten und Schnurren in Mundart mit Parallelübertragung ins Hochdeutsche.
248 Seiten, 8 Zeichnungen, Broschur, 5. Auflage 2013 ISBN 978-3-7900-0191-4, 12,95 €

Kaspar Maul – Der Räuber vom Teufelstein

Walter Heller schildert in diesem spannenden Roman den „Räuber" Kaspar Maul und die Rhöner Welt, in der er lebte. Pappband, 240 Seiten, 2009,
ISBN 978-3-7900-0415-1,
14,90 €

Walter Heller: 1932 geboren in Steinwand/Rhön. Studium der Germanistik, Geschichte, Philosophie und Politikwissenschaft. Lehrer am Gymnasium in Rotenburg/F., an der Deutschen Schule Athen und am Freiherr-vom-Stein-Gymnasium in Fulda.